JN136015

絲的ココロエ

「気の持ちよう」では治せない

絲山秋子

日本評論社

絲的ココロエ　目次

絲的ココロエ

1 「気の持ちよう」では治せない

決断は先延ばし

大事なことを初めに記しておきたい。

双極性障害でも、うつ病でも、一番問題となるのは「判断に支障をきたすこと」だと思う。患者本人も周囲の人でも、何か問題を感じたときにはこのことを思い出していただきたい。

医師が「大事なことは治ってから決めてください」と言うのは本当のことで、病気のときに決断したことは健康なときとは違う、その人らしくない選択となりやすい。そして回復してから後悔することが多いのである。

うつ病では「自分がいることが迷惑で、相手に申し訳ない」と考えがちだ。しかしそれは病気のときの典型的な考えで、仕事や人とのつきあい、生きることすらもやめてしまいたいと誰もが思うものだ。元気になってから振り返ると、それはたいてい間違いなのだ。躁状態であれば、自分が絶対に正しいと思い込んだり、相手の意志を無視して理解や賛同を求めることがある。高額な買い物や突飛な行動、性的逸脱なども判断の間違いであることが多い。

逆に考えれば、本人も家族も同僚も、決断を先延ばししていい。そう思うことでかなり楽になる。大変なときほどそう考えにくいのだが、最良の結果を求めるなら、病気のときには何も決めないこと、広範囲に発信しないこと、そして変更可能な状態にしておくことだと思う。

当たり前のことだが、なりたいと思って病気になる人はいない。精神疾患でもほかの病気でも同じことである。だから病気になったのはその人のせいではない。かといって、いい人だから病気になるというわけでもない。気質についての研究はあるけれど、当事者が人柄と病気の因果関係を追究することは間違いだと私は思う。もちろん、精神疾患を理由にして、情緒的にふるまっていい理由もないのである。

病気はもっとケミカルなものだと思う。ケミカルなものだが、薬だけで治すことは難しい。精神疾患はほかの病気と何が違うのか。病気と障害の違いについて掘り下げていくことは、健康や生活について考えることでもある。老化について思いを巡らせることは、生きることそのものと直結している。

双極性障害だけでなく発達障害のこと、体調管理についてなど、一九九八年の発症からほとんど再発がなくなった現在までに、私が考えたことや、気をつけていることが人の役に立てばありがたいと思う。また、私もこの原稿を通して自分自身を見直し、少しでも成長したいと願っている。

目標は「完治」

双極性障害に「寛解」はあっても「完治」はないと言われている。

私も、薬は予防の意味も含めて一生飲み続けるものだと思っていた。精神疾患や薬剤に対する偏見や拒絶感から、また周囲の人の影響で服薬を勝手にやめた結果、以前より悪い状態で再発を招く人が多いということも知っていた。だから、長年の診察を通して私の性格の癖や生活のリズムなどを理解してくれている主治医から「いずれ薬をゼロにしたいですね」と言われたときには非常に驚いたものだ。けれども「医学は進歩しているのだから、完治の例がなくても、あなたがそうなるようにしたい」と言われて、できるかどうかはわからなくても、主治医と目標をともにしたいと思った。

そもそも特効薬のない病気である。人によって効く薬の種類も処方の量も異なるのである。私が入院したのは、ふつうの生活をすることに困難があったということのほかに、「効く薬を探す」という目的もあった。病棟では通院よりもこまめな薬の管理や変更ができるからである。入院前に大きな躁の再発があり、その反動で長いうつ状態が続いていた。症状は次第に軽減していったが、効果の感じられる抗うつ薬がみつかって退院できる状態になるまで五ヵ月間かかった。

その後、強い躁の再発があったときだけ処方される薬もあったが、再発がないときに処方されていたのは、リーマス（炭酸リチウム）、テグレトール（カルバマゼピン）、抗うつ薬としてアナフラニール（クロミプラミン）、睡眠導入剤としてロヒプノール（フルニトラゼパム）という組み合わせだった。

症状が軽快するにつれて薬は少しずつ減っていったが、ゼロになるまでには何年もかかった。体調と仕事の量、リーマスの有効血中濃度、体重の増減にも応じての調整は非常にこまやかで慎重なもので、まさに「医者のさじ加減」だった。調子が思わしくないときには、いったん減らした薬が以前の量に戻ることもあった。最終的には有効血中濃度をはるかに下回る処方まで減らして、二〇一六年三月には睡眠導入剤が中止となり、一日おきに飲んでいたリーマスも四月の通院で中止となった。主治医はカルテに「処方箋なし」のハンコを押して「おめでとう」と言ってくださった。もちろん通院はこの後も続くし、主治医からは「必要なときには無駄なく薬を使うこと」と言われて最低限の予備の薬は持っている。

減薬と離脱症状

薬がかなり少なくなってからは、感覚が変化した気がした。考え方は同じでも物の感じ方がわずかだがクリアになったような気がした。薬を使っていたときにはいつも少しだけ「ぼんやりした感じ」が伴っていて、それはちょうど台風が来る前の気圧低下の体感にも似ていた。この「ぼんやり」は決して悪い意味ではない。世の中のさまざまなことから自分を守ってくれるクッションの役割もあったと思う。感覚がクリアになったのは仕事上ではよかったけれど、些細なことをつらいと感じる過敏さが生じた。一方で躁とは違う、本来の「朗らかさ」が戻ってきたようだと思うこともある。

また、不快というほどのことではないが、手の感覚も少し変わったような感じがあった。感覚の変化ということでは、テグレトールを使ったことで、絶対音感が見事に一音だけずれたことがある。主治医に聞いてみると、薬と皮膚感覚が連動している可能性はあるということだった。リチウムの金属イオンから発生する電気と感覚の関係が解明されたら面白いだろうと思った。

気がかりだったのは薬を中止した後の離脱症状だった。服薬期間が一八年間と長かったし、そういった前例も知らないし、そもそも離脱症状がどのくらいのものかも想像がつかなかったからだ。

実際の離脱症状は、もちろん個人差はあると思うが、私の場合はごく軽い不快感だけだった。それほど深刻ではない車酔いの初期症状や、二日酔いとも似ていると思った。時間的にも、午前中のだいたい決まった時間に数十分程度のものであり、ほかのことに集中したり、外出したりしているときには感じない程度だった。それも一ヵ月もしないうちに、いつの間にか感じなくなった。

再発の前兆と対処

精神疾患も今後、研究がすすめば、医療の現場で病状が可視化できるようになるだろうけれど、医学がそこまで至っていない時代に私たちが生きているということは事実として認めなければならない。

だから今のところは普段の生活で自分の変化を知って、病気のコントロールに役立てることが大切になってくる。食欲と睡眠は重要な指標となる。

ほかにも自分固有の「癖」のようなものが出てくるときがある。躁の場合は、疲れを感じにくくなる。また普段の趣味とまったく異なる車などの高額なものが欲しくなったり、とにかく買い物がしたくなる衝動に気をつけている。うつの場合は聴きたい音楽が変わる。めったに聴かないアーティストの曲を繰り返し聴いたり、お風呂に入るのが突然いやで仕方なくなるときは、うつの前兆かもしれないと思う。さらに、自分のせいでもないのに申し訳ないと思ったり、悲しくもないのに涙が出るようになったら、すみやかに病院に連絡して診察の予約を取るべきだと思う。

発症した頃は三〇代前半だったから、病を理不尽に感じたこともあった。けれども四〇代の後半ともなれば、持病を抱えている人は少なくないし、加齢によって早朝に目が覚めたり、疲れが取れにくくなっている人は周囲にたくさんいる。世の中には体質的に胃腸が弱い人も、発熱しやすい人もいる。無理が続いたときに体からのＳＯＳとして頭痛を発する人もいるし、腰にくる人もいる。

私の場合、再発はたいてい蓄積疲労からくる。仕事量の調整がどうしてもできないときもあるのだが、体の疲れに比べてこころの疲れは、自覚するタイミングが遅い。ストレスが強かったときから数ヵ月経って、突然不調を感じることもある。そんなときにはもう原因となった状況は変化していたり、忘れてしまっていたりする。体調の悪いときに再発の原因探しをしても消耗するばかりなのに、原因を知ってそれを解決したがるのは、常に「いい」か「悪い」かを判断し続ける人間の困った性分かもしれない。動物なら体の不調を感じたときには何も考えずに安全なところでじっとしている。エネルギーを少しずつでもためることが回復への近道なのだ。

前兆や異変を感じたら早めに休みをとって、とにかく眠る。三〜五日間、仕事を休み、人と会う用事をキャンセルして安静にすることで再発を防いだり、軽い経過で済ませることができるようになってきた。悪化する前に休めば、仕事への影響は最小限で済む。その最小限というのは、休む期間で考えても頻度で考えても、健康な人がインフルエンザやノロウィルスに感染するのと同じくらいのものである。実際に複数の連載を抱えていて再発の影響で休載したことはないし、九年間のラジオ出演で休まざるを得なかったのは一度だけだった。

再発してしまったときの過ごし方として、一番大変で、それでも一番有効だったのは「躁のときこそ寝る」ということだ。私の躁の症状は、躁うつ混合状態で不快感を伴うことが多い。あまりすっきりした機嫌のいい躁ではなかったのである。その状態で小説を書いたとしても、内容のいいものにはならない。怒りっぽくなり、人間関係に亀裂を生じたことは何度もある。それでもエネルギーが空回りしている状態で、変な勢いもあり、夜中でも外出したくなったり、大きな声で話したくなったり、とんでもない買い物をしたりしたくなるのだが、そういうときこそ無理にでも寝る。処方される薬のなかでもロドピン（ゾテピン）やジプレキサ（オランザピン）は私にとってはとてもだるくなる薬で、飲みたくないけれど「余計なことを何もせずに寝る」ために必要だった。意識が高揚していても、体力は消耗しているのである。それを正しく感じられないから病気なのだ。

不要な心配を取り除く

「気の持ちよう」で治るのならば、それは病気ではない。生活に支障をきたしているから病気の診断を受けるのである。精神の病は目に見えないので、心構えだの甘えだの態度だのと言う人は必ず存在するのだが、そんなときには、反論せずに自分にこう言い聞かせることにしている。

「人間は自分の意思では虫歯ひとつ治せません」

虫歯の痛みは激しいものだが、それでも痛みそのものは自分の目には見えないのである。決して病気を舐めているわけではないが、風邪や虫歯のようにとらえて気持ちが楽になったことはある。再発について警戒は怠らないけれど、不要な心配はしなくなった。

不要な心配は、しなくてもいい苦労だ。しなくてもいい苦労は排除してしまえばいい。

このことは健康な人でも同じことだと思う。何が不要かということについては、時間があって体調がいいときによく考えてこころの引き出しに準備しておけばいいと思う。

2 アドバイスや共感よりも理解を

発症した頃のこと

前章で「人間は自分の意思では虫歯ひとつ治せません」と書いたところ、はからずも親知らずの痛みに悩まされることになった。精神科ならすぐに受診するのに、久しぶりの歯科に行くことには躊躇があって、「もしも疲れのせいなら、早く寝れば腫れがひくのでは？」などと考えて悶々としていた。おかげで多くの人が初めて精神科に行くときに抱く、不安や怖れを実感として思い出した。

私も同じだった。いきなり精神科に飛び込むということは怖ろしくて、勤務先の近くにある内科をまず受診して、医師に精神科の紹介を頼んだ。内科医の穏やかで冷静な対応にホッとしたことを今でも思い出すことができる。今回は、私が発症した頃のことを振り返りつつ、周囲の人とのかかわりについても書いてみたい。

一九九八年の夏、私はメーカーの営業職だった。群馬県に赴任して一年、とても気に入った土地だったし、仕事にはやり甲斐も愛着もあり、忙しすぎるということも、頭を抱えるほどのクレームもなかった。社内や取引先との人間関係も良好だった。休日は乗馬クラブに通い、県大会などの競技会を目標にしていた。小説家になりたいと思ったことは一度もなく、文章を書く趣味もなかった。定年まで会社で勤めて、いつか福岡や札幌の支店長になることが夢だった。本当にどこにでもいるような、独身生活を楽しんでいる中堅の会社員だったのである。

逆に言えば、これまでの自分の生活のなかで、あれほど悩みやストレスのない時期もなかった。だから当初、眠りの浅さや食欲のなさは夏バテだろうと思っていたのだ。うつの診断には周囲と同じくらい自分が驚いたし、納得もできなかった。

問題を自覚したのは「どうしても営業車から降りられない」ということが続いたからだった。かわいがってくださる顧客でも、がんばれば注文が取れそうな取引先でも、事務所の前までは行けるのに、どうしても車から降りることができずに通過してしまう。余った時間は公園の駐車場などでくさくさと悩みながら夕方までサボった。事務所で仕事が終わってもすぐに帰れず、たまたま当時会社のパソコンに入っていた面白くもないゲームをしながらいつまでもダラダラと過ごしていた。もちろんそんなことをいつまでも続けられるわけがない。一〇日くらい同じ状態が続いてから、これは病的なものかもしれないと思い、受診を決意したのである。

些細なことができなくなる、というバロメーター

うつ病では、元気なときなら何でもないような些細なことができなくなってしまうことは珍しくない。完全にダウンしてしまう前の体調の把握については、こんな方法もある。ルーティンワークの得意不得意を分類して、記号をつけておくのだ。例として家事作業の項目を挙げてみたい。

A　好きなこと（料理、洗濯）
B　まったく苦にならないこと（買い物、ゴミ出し）
C　面倒だができること（掃除機、水回り掃除）

D　苦手だが努力すればできること（家計管理、草刈りなど）

E　できれば人に手伝ってほしいこと（窓拭き、換気扇掃除）

F　普段はやろうとも思わないこと（裁縫、植物の手入れなど）

会社員時代の仕事であれば、事務処理がD、クレーム処理はC、会議と外回りはB、出張はAなどと分類することができる。

体調がよくないとき、たとえばＰＭＳ（月経前症候群）や蓄積疲労でも最初に億劫になってくるのはCであり、Dについては考えることすら避けたくなる。自分を観察してみると、案外単純な反応をしているものだ。人によって差はあると思うが、日常のパターンを掴めば、体調の把握がしやすいのではないだろうか。

なぜそんなことが必要かと言えば、体が参っていてもなお、人間は言葉で自分をごまかすことがあるからである。「いや大丈夫、まだできる」「ここでがんばらなければ」などと考えて無理をするのだ。無理が利く範囲もあるが、AがDのように大変になり、BがEと同じくらいの負担になったら、休むことを考慮したほうがいい。

逆に、躁っぽくテンションが上がり気味のときなら、Cの掃除などを思い切ってやってしまったり、Dにあたる銀行の記帳や領収書の整理をまとめてすることで乱買の衝動を紛らわせることも可能である。けれども躁のときは行動に際限がなくなりがちなので、範囲設定と自分との約束が必須で、その約束を守るのは簡単なことではない。

何をしていいか決められずに焦るときはToDoリストを作成する。そしてリストから「今日しなくていいこと」や「今週考えなくてもいいこと」を、どんどん消していく。それとともにAやBのなかから短時間で容易にできる仕事を一つだけ選んで済ませておけば、少しだけこころが落ち着く。

それでも気が休まらないとき、私はスマホの目覚ましのアラーム画面を頭のなかに浮かべることにしている。あるいは電源ブレーカーでもいいと思う。たくさんのスイッチが並んでいる状態だ。観察してみると、すぐに使わないスイッチまでオンになっていることがある。それらを一つひとつ、イメージのなかでオフにしていくのだ。

休職期間の過ごし方

九八年の話に戻ると、精神科で自分の状態を話すとすぐにうつ病と診断され「明日から会社を休んでください」と言われた。多くの人と同じ経験だと思うが、とても驚いたし、「すぐに休むことなんてできません」と言った。幸い上司が理解のある人で、同行して医師の話を聞いてくれたうえで休職の手続きをとってくれた。そのときには、大学を出てから仕事中心に生きてきた自分の中身を否定されてしまったような悔しさを感じたものである。

休職期間中は、アパートに閉じこもって食事の支度をして、唯一の楽しみであるラジオを聴き、週に一度通院するという日々だった。余った時間は病気に関する本を読んでいた。医師の指導に従って晩酌を断ったので、余計につらく感じられた。

家族には一言も話さなかった。話したところで気は晴れないし、心配されることのほうが負担だったからである。好きか嫌いかで考えれば、東京が嫌いで群馬が好きなのだから実家に帰るという選択肢もなかった。うつ病のつらい気分のなかにあっても、群馬の山々は美しく見えたのである。

家族のことは信頼しているので不思議と罪悪感はなかった。仲が悪かったわけでもないので、三ヵ月後に復職の見込みが出た時点で帰省して経緯を話した。

私の家族は少し変わっているのかもしれない。たまたま電話をしたら母の手術の前日だったこともあるし、父が入院したときには見舞いは不要と言われた。きょうだいでも病気や不調が治ってから話を聞くだけであり、それが冷たいともおかしいとも思わず、不満に思ったことはない。一緒に住んでいない以上は結論しか言わないし、相手の決断を尊重する、というのが原則のようだ。その原則が適用しなくなるのは、たとえば私が、復職後すぐに転勤して躁状態で再発し、理由もなしに自殺未遂をしてしまったようなときで、それについては家族に大変な迷惑をかけたし、いまだに申し訳なさとともに、してはならないことをしてしまったという後味の悪さがある。

病気の人にどう接するか

そんな私でも、同僚や友人知人がうつ病や双極性障害を患ったときに、どう対処したものか、何を話したらいいのか、という相談を受けることがある。

まず、控えていただきたいのは、「どうして病気になってしまったのか？」と病人に質問することだ。

みずから選んだ職業や環境であれば、「どうして？」と聞くことは話のきっかけとしてとても有効だ。仕事や勉強で失敗したときには、少しでも早く原因を把握し、対処して解決するというトレーニングを私たちは積んできている。だから習慣として「どうして」と聞きたくなる気持ちは理解できる。けれども、うつ病の人は解決しなければと思っていても、そのためのエネルギーが枯渇してしまっているのだ。躁状態ならば、解決するつもりがさらに別の問題を生んでしまうことすらある。

前回も書いたことだが、精神疾患の原因やきっかけとなる誘因は非常に個人的でデリケートなことであったり、あるいはすでに解決してしまっていたり、人の努力では解決できないようなことだったりする。また、遺伝病ではなくても、家族や親戚に双極性障害の患者がいる場合もある。私の場合はこれにあてはまるのだが、体調の悪いときにくわしく説明するのは困難だ。

そしてうつ状態の当事者は、たとえ聞かれなくてもいつも病気のことを考えているのである。さらに「自分は本当に病気なのか、サボっているだけではないのか、仮病だと思われないためにどうしたらいいのだろう」と悩むものである。当人にとってはとてもシリアスなことだから、誠実に答えようとすれば当然病気そのものの説明になる。それが実に、厄介きわまりないのだ。

親知らずであればレントゲン写真で見た状況を話すことができる。腫瘍でもどの部分に何センチ、という説明ができる。けれども精神疾患は視覚的に説明することができない。

それどころか躁状態のときなどは、本人は消耗しているのに、とても元気に見えてしまうのである。病気なので休まなければならない、と言ってもなかなか理解してもらえない。「元気そうでよかった」と言われたときの落胆は激しく、それが怒りに結びついて人間関係を壊したこともある。いっそ人と接触しないほうがいい場合もあるのだ。

結論から言えば、病気の説明は患者がするべきことではない。一人ひとりの症状も処方も異なるのだから、主治医にしてもらうべきことなのである。精神科への診察に同行できる立場にない方は、医師の書いた本などを読んで一般的な知識を養っていただけたらありがたい。かつて後輩から「うつ病に関する本を買って読み始めました」と手紙をもらったときには、お見舞いよりも感激したものだ。当事者が欲しいものは、アドバイスや共感ではなく理解なのだと思った。逆に家族や友人に本をすすめて、まったく興味を示されなかったときは、ひどく失望した。

医学的かつ論理的な説明は難しくても、イメージの力は使えるかもしれない。たとえば、パソコンやスマホのメモリがいっぱいになっている状態、そしてデスクトップにアイコンが散らばってしまって整理しづらいといったイメージだ。

このイメージを使って、状態が悪いときには、入ってくる情報を制限することも提案したい。たとえばテレビや新聞、ネットなどのニュースに接して余計につらくなったり、イライラしたりするときには、シャットアウトしてしまってもかまわないと思う。アイコンを消してしまうのではなく、設定でデスクトップでは一時的に見えなくする、と考えてはいかがだろうか。

周囲の人が心配のあまり一緒に悩んでしまうことは、好ましくない。普段どおりとまではいかなくても、病人と離れる時間、気分転換や遊びの時間はぜひ確保していただきたい。もしかしたら「私がこんなにつらいのに、楽しそうに遊びやがって」と言われることもあるかもしれない。けれども、それは本心からではないと思う。周囲の人も自分のようにつらい思いをしてほしいと思う病人など、めったにいないからだ。

仕事や生活に支障をきたしてしまった病人と健康な人の圧倒的な違いは、時間の流れ方なのだ。病人にとっては時間が他人と同じように流れていないことがつらいものだ。不公平だとも思ったりする。健康なときには「何もせず一週間くらい休んでみたい」と思うのに、具合の悪いときの一週間はとてつもなく長く感じられるからである。そして、寛解までには、ほんとうに気が遠くなるほどの時間を凌いでいかなければならないことを、当事者はよく知っているはずなのだ。

3 医師との相性

人間は知りたい生き物

人間はつくづく「知りたい生き物」なのだと思う。天候や災害、自分の属している社会のことだけではなく、遠い国の情勢も、やったこともないスポーツの結果を追ってしまうのも「知りたいから」だろう。さらに発展させて言えば、言語の発達も学問の進化も「知りたい」という欲求に根ざしているのだと思う。

だが、現在の科学では知りえないことも多く存在することを認めなければならない。双極性障害もほかの多くの病気と同じように、発症のメカニズム、つまり脳のどの位置にどういう変化が起きているのかということは医学的に解明されていない。この疾患をめぐる多くの問題は、原因が科学的に解明されていないということに由来するのではないかと思う。
では患者はどう考えればいいだろう。今回は患者と医師の関係を考えてみたい。

自分の体のことは……

「自分の体のことは自分が一番よくわかっている」などと言うのは、たいていは体調が万全でないときや限界を超えて努力をするときである。私も無理をして、端から見たら過剰に見える量の仕事をするとき、そういう考えに陥る。しかしそれは、「自分のことを把握したい」という願望の裏返しではないだろうか。実際に精神や肉体が不調のシグナルを発していても、「がんばればなんとかなる」「気合いでがんばる」と思ってしまうのは、精神論的な要素もあるけれど、それらのシグナルが認識できていないからでもある。もしも病気の兆候が検査によって数値や画像で表せることだったり、発熱や痛みであったりしたら、本人も周囲も異なる対応がとれるはずだし、「自分は甘えているのではないか、サボりたいだけではないか」と自分を責めることも減るだろう。自分の体の不調が理解できない、というのは、実に悔しく、不本意なことだ。

苦痛を感じるのは本人だが、なぜかがわからない。

もちろん医師にもわからない。出産でも怪我の治療でもそうだが、医師が自分と同じ痛みや苦しさを知っているわけではない。だから医師が「わからない」ことを責めるのはお門違いである。

「自分の体のことは自分が一番よくわかっている」と言って安易に服薬をやめてしまうことは賢明ではないと思う。医師は、学問の蓄積と臨床の経験から最善の方法を判断しているのだ。

病巣を取り除く手術ができるわけではないから、精神科の場合「医師が物理的に病気を治す」ということはない。

入院前に主治医に言われた言葉を私は今でもよく思い出す。

「医者にできるのは薬を使って援護射撃をすることです。矢面に立つのは患者さん自身です」

病気をするには体力がいる

そんなわけで、矢面に立つ患者には体力が必要なのである。

「健康のありがたみ」とは「体力のありがたみ」と言い換えることもできる。しかし病院に通い、医者に診察してもらうためには体力が必要だ。言葉にするとおかしなことだが、実感している方も多いと思う。

これは精神科のことだけではない。自覚症状のない良性腫瘍の手術のために通院したときでも、私は疲弊しきって待合室で居眠りをすることもしばしばあった。通院と検査のために仕事やスケジュールをまとめてほかの日に詰め込んだせいもあるし、後遺症の心配もした。術後は術後で驚くほど体力が失われることを知った。

精神科の通院にはまた違う側面がある。うつ状態というものは著しい疲労感とセットだし、躁状態でも自覚がないままエネルギーを消費している。両者とも不眠や食欲不振を伴うことが多い。混雑した電車や長距離の車移動での通院はとても体にいいとは思えなかった。患者数の多い国立病院に通っているときは、待合室での待ち時間も非常に長く、つらいものがあった。

それでも、帰りの移動が泣きたいほどつらかったことはない。不思議と行きより帰りのほうが楽になるのである。相性のいい医師だったからであろう。だが「医師との相性」とは具体的には何なのか。

医師との相性

私が今までに精神科で診察してもらった医師は四人いる。会社員時代の群馬、転勤した先の埼玉、そのあと自殺未遂を経て入院治療のために自分で選んだ病院が東京の小平の国立精神・神経センター武蔵病院（当時）だった。このときの初診の先生が現在は独立開業している主治医であり、入院のときの担当医は別の医師だった。とくに相性がいいのは現在の主治医で、とくに相性が悪かったのは埼玉のときだった。

医師との相性とは「言葉が通じるかどうか」だと思う。

医師は乳幼児にとっての母親ではない。だから何も言わなくてもわかってくれる、などということはない。双方向の関係性だからこそ相性が重要だ。

埼玉のときは、病状が悪化して躁がひどくなっても、私は的確な言葉で医師に相談することができなかった。自殺念慮について差し迫った問題として相談したときにも、医師には私の訴えが感情的な嘆きとしてしか響かなかったようだった。医師からの「まあそう言わず」というアドバイスを私は突き放されたように受けとめてしまい、その夜自殺企図を行った。意識が戻ってからひどく叱られたが、それについて私は他人事のように、冷めた気持ちで聞き流していた。信頼関係が築けていれば違っていただろうと今では思う。ここで言う信頼関係とは患者からの一方的なものではなく、お互いのことである。私は、そうなる前にセカンドオピニオンを受けるべきだった。その決断ができなかったのは、私自身の問題だ。

医師は母親でもなければ神様でもない。そもそも絶対に正しいアドバイスなどというものもないし、絶対の正しさを医師に求めるほうがおかしい。そして、神様ではないのだから、通った医院が合っていなければ、転院することは悪いことでも何でもない。

ただし、患者本人とてすべて自分のこと、病気のことをわかっているわけではない。医師が神様でないのと同様に、患者もお客様ではないのである。

転院して、今の主治医と出会ってからも、私は具合の悪さのあまりに投げやりになったり、何度かは病人であることに甘えた態度を取ったことがあった。いつも冷静で明朗な主治医だが、そういったときには非常に厳しく叱られた。私一人では思いとどまったり、考え直すことができないときに、その意味でも援護射撃をしてもらったと思っている。けれども、それをしっかりと受けとめられるかどうかは、その医師の言葉を信用できるかどうかにかかっている。

診察の活用

いかに相性のいい医師と言えども、多くの病院で診療時間は限られている。私の場合も二時間待って一〇～一五分で診察が終わることも多かった。それを問題視する意見も聞いているけれど、私自身は、双極性障害に関して、大きな体調の変化や命にかかわる案件がない限りは短時間の診察もありだと思っている。

理由はこちらにも体力がないこと、そして自覚症状や相談事項をきちんとまとめて話すことができれば、それで十分目的を果たせるからである。カウンセリングならありえないほど短い時間だが、診察とカウンセリングの違いはそこにあるのではないかと思う（私の場合、躁状態で二ヵ月ほど通ったカウンセリングは病識に混乱をきたしただけで、体調の改善には結びつかなかった。それ以来、病気そのものに関しては精神科、病気の誘因となる問題の分析と対処についてはカウンセリングではないか、と考えている）。

普段はきちんと自分のことを話せても、精神的に落ち込んでいたり混乱が激しいときに状態を伝えるのは簡単なことではない。私は事前にメモを作り、診察のときにはそれを見ながら、一番変化が大きいこと、実生活に支障が多いこと（たとえば不眠、乱買衝動など）から相談する。メモがあるだけで少しは落ち着いて話せるような気がするし、聞き忘れを防ぐ効果はあると思う。

問診のためのフォーマット（チェックリスト、質問事項、自覚症状など）がスマホアプリなどでできないだろうか。問診のときに、自殺念慮や性欲の変化など、面と向かって話しにくい問題も医師と共有しやすいし、自覚症状の変化をカルテと連動できたらいいと思う。こういう時代なので、案外すぐに実現してしまうことかもしれない（少し話は脱線するけれども、私は昔からこういうありもしないシステムを夢想するのが好きで、小学生のときに「自分が歩いたとおりにテレビに映る地図」というものを想像して楽しんでいた。だからGoogleストリートビューを初めて見たときには、自分の妄想が実現したように思って喜んだものである）。

病気の知識を得るためにネットを見る人は多いと思う。これはほかの病気でも同じことだが、ネット上の情報は参考程度にしたほうがいい。さまざまな可能性が示されているため、たとえ軽い症状でも最悪の事態ばかり選んで考える結果になることが多い。なぜそうなのかはわからないが、医師の書いた本を読んだほうが落ち着いて情報の取捨選択ができるようである。

本と違って医師は、情報をカスタマイズして与えてくれる。そして、医学という一定した科学的見地に基づいて、客観的かつ長期的に対応してくれる。

医師には体重計的な役割もあるのではないかと思う。たとえばダイエットをするとき、体重計が直接脂肪を減らしてくれるわけではない。けれども、継続的に数値を見ることでダイエットの効果や、モチベーションを保つことができる。症状が出ていないときも定期的に通院を続けるのは、医師が私にとってまさにヘルスメーターでもあるからだ。もちろん軽んじているわけではなく、身近な哲学者として尊敬している人物だからこそそう言えるのである。

産業革命以前

先日、理化学研究所脳科学総合研究センターで精神疾患の研究をしておられる加藤忠史先生と対談する機会があった。対談の内容は理研のほうで別途まとめがあると思うが[*]、印象に残ったのは、病院で医師として患者と向き合う仕事と研究所で病気のしくみを研究する仕事がまったく別物である、という発言だった。私は、ほかの病気の特効薬のような薬がないことなどについても質問を投げかけた。

双極性障害の治療は、その多くを対症療法に頼っているのが現状である。前にも書いたが、私の場合はうつに効く薬がなかなかみつからなかった。入院してさまざまな薬を試した結果、やっと効果のある薬がみつかった。それは九〇年代ですら時代遅れとされていて、なおかつ躁転の危険があったためなかなか処方されなかったアナフラニールの少量の処方だった。しかし結果としてそうだっただけで、なぜアナフラニールが効いたのか、なぜＳＳＲＩは効かなかったのか、それはわからないのである。

たとえば、躁状態に効果のある代表的な薬としてリーマス（炭酸リチウム）があるが、炭酸リチウムがなぜ効くのか、脳のどこに作用するのかもわかっていない。

大昔の人々は草や木の実などを痛みのある場所にあてたり、煎じて飲んだりして試してきたはずだ。最初はどうして効くのかではなく、効いたという事実が蓄積され、活用されてきたのだろう。現代のわれわれが処方される薬も、大筋では変わらないのである。

ついつい私たちは、自分がいる時代について、科学の最先端などという言葉を使って過剰な評価をしがちだが、二〇年後、三〇年後の人間から見たら、今はまだ産業革命以前のような時代なのかもしれない。私はこのテキストが「昔はこんなつまらないことで悩んだり、苦労していたのだ」と笑われる未来に期待している。

＊ＢＳＩ主催 第一回代官山蔦屋書店で脳科学＆つながる「晴れ時々くもり〜気分障害と脳科学〜作家・絲山秋子×ＢＳＩ加藤忠史」（二〇一六年八月二三日）https://www.youtube.com/watch?v=-2XRihubUDM

コラム1

リーマス

私が双極性障害を発症したのは一九九八年のことだった。うつ状態で受診した後、一ヵ月くらいで躁転した。親戚に躁うつ病の人が何人かいて、かれらを大変尊敬していたため、私にとって精神科への通院や病名を受け容れることは困難ではなかった。

しかし躁の衝動を克服するのはとても難しく、大量にためたリーマスを飲んで理由もなしに自殺未遂をしたこともある。躁の自殺企図は衝動が強いうえに行動力があるので危険なことだった。現在は信頼できる主治医に受診のたびに薬の残量を報告して余分な在庫をもたないようにしている。

その後の再発でも躁の怒りにまかせて人間関係を壊し、社会生活でのトラブルを招き、乱買行動に走った。これらのことから、私は躁や躁うつ混合状態に対する警戒を強くもつようになった。早い時期に主治医に相談すれば結果的に再発が軽く済み、社会生活をなんとか送れることもわかった。

双極性障害のことを語るとき、つい症状が重かったときのことばかりを思うが、実際には一ヵ月以上にわたる重い再発というのは二年に一度程度であり、一週間程度の軽い再発が一年に数回だから、圧倒的に「何でもない状態」の時間のほうが長いのである。その状態を支えてくれている薬がリーマスとテグレトールだと理解している。

現在（二〇一三年時点）服薬しているのはリーマス2錠とテグレトール2錠と睡眠導入剤（ロヒプノール）1錠である。デパケンはあまり効かなかった。うつがあるときにはアナフラニールが追加される。SSRI含めかなりの種類の抗うつ薬を試した結果、唯一効果を感じたのがアナフラニールだった。数年に一度のひどい躁のときにはロドピン、ジプレキサが処方されるときもある。何もしないで寝ているために飲むのだが、私にとっては強い薬でとてもだるく、つらく感じる。

再発のパターンとしては躁うつ混合状態が数日続いた後にうつまたは躁が始まることが多い。このときにはリーマスとテグレトールを一時的に増やすこと、状態によってはアナフラニールも追加して短期的に対応することが有効なようだ。主治医のさじ加減の的確さとともに微調整の難しさを感じる。状態がよくなってきて薬を減らすときにはリーマスから減らしていくが、リーマスはコーティングが厚いため半分にカットすることが難しい。もしも散剤があれば微調整にとても役立つだろうと思う。

私はリーマスとテグレトールを同量服薬しているため、区別して考えにくいが、調整のため増減したときの効き具合ではリーマスのほうがマイルドで実感を得にくく、テグレトールのほうがわかりやすい気がする。

変なたとえになるが、牛乳を飲んだからといってカルシウムが、ほうれん草を食べて鉄分が取れたなあと自覚することはない（あるとすればそれこそプラセボ効果だろう）。一方で、こんにゃくや長芋を食べれば明らかに便通がよくなることがわかる。大袈裟に言えば、リーマスは「ほうれん草系」、テグレトールは「こんにゃく系」なのかもしれないと思う。

世の中には躁やうつで生活どころか生きるのが精一杯の当事者に、それがどんな病気なのかを説明させたがる人が多く存在する。また、向精神薬を忌み嫌い、薬を飲むことに対する罪業感を植えつけたがる人も多くいる。健康なときならまだしも、判断力が欠如し、正しく話ができない状態で責められるのはとてもつらい。こういった偏見は新聞などの一部のメディアにも根強く残されている。対処としての抗うつ薬はまだしも、予防のために飲んでいるリーマスなどの薬に関してどう説明したものかと悩む。

私はそれでも少し変わった職業についていて、病気のコントロールも多少はできるようになってきた。また年齢を重ねてふてぶてしくもなった。だが、家族でさえも躁うつ病に関する一般的な書籍を読んではくれなかったし、今でも理解はしていないようだ。薬や精神科受診への偏見が遠因となって友人や恋人を失ったことは何度もある。医師の助言を無視して転勤させられ、病状が悪化したこともある。私もそうなのだから、発症したばかりの患者は周囲の無理解に対してもっと苦しいものを抱えていると思うのだ。

そこで医師の方々にお願いしたいことがある。無敵のマニュアルを作っていただきたいのだ。世間の健康な人々に、この病気と服薬について理解してもらえるマニュアルが欲しい。受診、服薬、休養とともに、周囲に理解してもらえるという安心があればどれほどの患者が救われるかと思う。

4 「まつりのあと」と女性性

今回と次回は双極性障害の話題から少し離れて、気持ちのコントロールと女性性の受容についいて、自分の経験や現在の取り組みも含めてお話ししたいと思う。

ラジオと「まつりのあと」

毎週、ラジオの生番組*を担当していて大事だと思うようになったのは気持ちのクールダウンだ。番組がいかに満足のいく結果であろうとも、リスナーからのいい反響がどれだけあろうとも、集中力が切れたときには一種の不快感を味わうのである。達成感を覚えるようなタイミングかもしれないが、そこに多幸感はなく「まつりのあと」という言葉が実にしっくりくる。

オンエア中はポジティブな感情にシフトして、しゃべり続けている。メールをくださる多くのリスナーのことを想像し、共感しようとしている。たくさん笑うし、注意力をフルに使っているのでいろいろなことに気がつく。普段の生活よりも過剰な反応をするので、興奮状態とも言える。もちろん自分でコントロールの利く範囲だが、躁状態の実験をしているようなものだと言えなくもない。だから反動としてのネガティブがくるのは当然と思える。振り子のように一方に激しく振れたならば、反対側にもしっかり揺れないと通常のモードに戻れないのだ。毎回そうなることがわかっているし、消えるまでの時間もほぼ同じくらいだから耐えられるが、この不快感は決して軽くはない。この世から消えたくなるほど暗く、何もかもいやになるのだ。

ネガティブをきちんと感じる

毎週のことなので、このときネガティブな感情をきちんと感じてあげることが大事なのだとわかってきた。放送が終わると、私は小一時間ほど「やさぐれる」時間を作る。番組が終わった直後に人と会ったり打ち合わせをしたりすると、そのあと疲れがとれにくくなるので一人の時間を作ることが大切だ。激しい運動の後のストレッチのようなものである。

このとき、してはいけないことがある。それは評価だ。気持ちのバランスが崩れているのだから、自分の内側に対しても外側に対してもまっとうな評価はできない。ついあれこれ考えたくなっても、今はその時間ではないとブレーキをかけることにしている。番組の内容を振り返っても堂々巡りになるだけだし、人間について考えれば、際限なく自他を責めてしまうことになるからだ。

何も考えないのが一番望ましいのだろうけれど、さすがにそれは難しいので、私は感情を計測する架空の計器を想像する。ポジティブとネガティブに振れる針が今どのあたりを指しているのか、どんな動きをしているのか観察する。自分にかけてやる言葉は、「疲れたんだなあ」「大変だったなあ」だけで十分である。相手がいたらしつこくなる同じ言葉の繰り返しでも、自分に対してなら平気なのだ。それが一番早く、気分が穏やかな状態に戻る秘訣だとわかった。

自分に対してフェアなのか

オンエア直後に「どうしてもっといいことが言えなかったのだろう」「だから自分はだめ

なんだ」「自分のこういうところが嫌いだ」と自分を責めたくなるのは罠である。番組での反省点や改善点などは、時間をおいてから対策を考えればいいことで、直後にするべきではない。冷静になってから振り返れば、誰も気にしていないことや、直接関係のない自分の性格や経験まで総動員して自分への攻撃材料にしていることがわかる。

私のなかのどこかに「自己評価を下げたい」という内なる敵のような意識が存在しているのである。それは敵であるからこそ、自分が弱ったときにチャンスとばかりに浮上してくる。しかしその敵は自分の生きている社会とも、出会う相手とも、仕事とも関係ない、完全に個人的なものだ。

自分を責めたくなる気持ちが強いときに、「それは自分に対してフェアなのか」とチェックしてみることは無駄にはならないと思う。あるいは、身近な友だちや好きな人が自分を責めている様子に置き換えれば、アンフェアに、過度に攻撃することを止めたくなると思う。それはあるべき反省より明らかにやりすぎであるし、誰のためにもならないからだ。

「まつりのあと」の特効薬

人前で話したり、お祝いをしていただいたあとの「まつりのあと」は、さらに激しいものがある。先日いただいた谷崎賞の授賞式の翌朝、私はまさにその状態だった。たくさんの人に会って疲れたというだけでなく、目が覚めたときの状態はうつのひどいときに近かった。

そのとき、意外なほど効いたのが「女性的なもの」だった。

疲れをとろうと朝風呂に入ったとき、ふと手にとったバラの香りの入浴剤をいつになくよいものに感じた。そこで、入浴後は顔のパックをし、とっておきの高級なクリームを使って肌の手入れをしてみた。部屋着もジャージではなくスカートにしてみた。ガーゼ素材の羽織物の柔らかさと色合いにこころが和むのを感じた。そこで、「今日は思い切ってなよなよして過ごそう！」と開き直った。

めったに飲まないハーブティには、はちみつをたっぷり入れて甘くしてみた。風邪をひいているわけでもないのに、鶏の挽肉で薄味の雑炊を作ってみた。そうやって、日頃は選ばないようなやさしいものや香りのいいものなどで身の回りを包むようにして自分を甘やかしてみたら、気持ちが晴れてきたのである。

やさしいもの、甘いものは薬なのだと思った。ほかの人はふつうにやっていることかもしれないが、私にとってはちょっとした発見だった。お見舞いにお花を持って行く意味や、疲れたときに甘いものを食べたくなる気持ちなどもわかる気がした。

しかし「女性的なものを選び、受け容れる」ということは私にとって、かなりハードルの高いことだったのである。

「女性性の否定」をやめたい

私は子どもの頃からずっと「女性的なもの」を否定し、遠ざけて暮らしてきた。今はその部分が一番の課題だと思っているし、「女性性の否定」をやめようとするなかで、少しずつ改善し、得られたものもあると思っている。

男性が「男らしくない」と言われたり、女性が「女らしくない」と言われるのはとてもいやなことだと思う。持って生まれたいいところを否定されたうえに、落ち度を非難され、二重の糾弾を受けたように感じるからである。

男性には繊細さや考え方の柔軟性をもつ人も多い。決めつけない優しさも純粋さもある。ある程度年齢がすすめば、人なつこさが増してくる場合もある。それらはよい部分でもあるのに、いくじがない、軟弱だ、優柔不断だ、女々しいなどと決めつけられると自己否定の材料になってしまう。実に残念なことである。

一方で女性には男性とは異なる強さがある。また物事を並行してすすめる能力や、スピーディな判断や思い切りのよさをもっている人も多い。それらを、がさつだとか、でしゃばりだとか、考えが浅い、色気がないなどと言われたときに鵜呑みにしたらもったいないと思う。問題は悪い評価をこころのなかで性的な羞恥心と結びつけてしまうことなのである。相手の言葉を何倍、何十倍のダメージとして受けとめてしまうのだ。性的な羞恥心からくる罪悪感を払拭するのは実に難しい。私はそんな厄介なことになってしまったいい例で、齢五十を迎える頃になってもまだ解決できずに、なんとかしたいと思っているのである。

子どもをからかってはいけません

性と笑いというのは相性が難しい。なぜかと言えば、性は多様さを、笑いは同じ文化の共有を前提としているからだ。

男らしさ、女らしさについての言葉をかけられて「傷ついた」と主張した場合、相手は「軽い気持ちで」「悪気はなかったのだ」と釈明することが非常に多い。「場を和ませようと思って」ということもある。そう言われると、冗談を理解しない自分のほうが悪かったような気持ちになってしまう。だが「悪気がない」ということは、「そのことによって罪悪感を抱いてはいない」という表明である。

一方で子どもやまじめな人、純粋さをもった人にとって、性は大問題である。人に言えないからこそ、罪悪感に結びつきやすい。場を和ませるための一時の手段と、相手が解決に何年も何十年もかかってしまうことを天秤にかけてみれば、少なくとも、子どもに対して性に結びつく事柄でからかうというのはいいことではないと言える。たとえきっかけは他人の言葉であったとしても、解決は自分にしかできないからだ。

そして忘れてはならないのは、自分だけが被害を受けているのではないという点だ。人を傷つけずに生きることはほぼ、不可能である。私も、おそらく自分が忘れてしまったり気にしていないなかで、身体的特徴や性の「らしさ」をめぐって、まわりの人を傷つけてきたこともあるはずなのだ。

面白ければ許されるのか

私は子どもの頃から同級生より身長が高く、それを「大きいことはかわいくないということだ。かわいくないから人から大切にされ、尊重される価値がないのだ」というコンプレックスに変換していた。女の子らしく装うことは、背が高い私には似合わないと思ってユニセックスな服装や短髪を選んでいた。

それでも好きな人ができる年頃になると、たまにはスカートを穿いてみようとするのである。そのときに母親から「どうしたの、スカートなんか穿いて」とからかわれると、人前で裸にされたような恥ずかしさを感じた。そしてその恥ずかしさは容易に「こんな背が高くてかわいくない私が分不相応に色気づいたふるまいをしてしまった。大変にみっともなく申し訳ないことだ」という気持ちになった。すると自分を攻撃し罰する気持ちが強くなった。

そこで、ますます男っぽくふるまおうとするのである。見た目だけでなく趣味もなるべく男子と共通のものを、仕事も男女の差がないものを選ぶことは、これ以上攻撃されずに自分の身を守りたいというところからきていた。

大人になっても私の身長は高く、声は低いままだった。女子トイレや電話で男性と間違われるたびに「私は女なんです」と釈明しなければならない。それも公衆の面前で裸になるような恥ずかしさだった。

実際に男ではないのだから、そのままでも自分が気持ち悪い存在だと思ったし、女性らしくふるまえばますます気持ち悪くなると思った。それを払拭するために、私は面白い人になろうと思った。「女らしくない自分」をあえて前面に出して自虐することで、人にも笑ってもらえるし、自分も攻撃や追及から免れる。これは、身長が高い女性だけではなく、太っている人や禿げている人なども使っている処世術だと思う。

面白ければ許される。

しかし誰に許されるのだろうか。許されなければならないほど悪いことなのだろうか。そうやって自虐の笑いに頼ることは、自分にとってフェアだと言えるのだろうか。

*二〇一五年一〇月〜二〇一八年九月、ラジオ高崎「絲山秋子のゴゼンサマ」。

5「生きた心地がしない」こと

気持ちのコントロールとネガティブな感情、そして女性性について、前回の続きを書いていきたいと思う。

イレギュラーな時期

年末年始をつつがなく過ごすのが難しい。不器用な私にとって年末年始はイレギュラーの連続であり、複雑なプログラムの式典のようなものである。次に考えるべきことをマニュアルに書いて頭のなかに入れておかなければ、とうてい把握しきれない。ちゃんと整理しておかないと、世の中の雰囲気が突然変わっていることに驚いたり、慌てたり、フリーズしててしまったりするのである。
レギュラー出演しているラジオ放送は二〇一六年現在、火曜日の午後と金曜日の早朝の二本だ。一二月二三日金曜日の前までは、世の中の多くの人はクリスマスを意識している(と、推測する。もちろん、楽しめない人も多くいる)。二七日火曜日と三〇日金曜日は年末の話題、一月三日火曜日はお正月の話題が中心となる。一月六日は、今年初めての部分を残しつつ、平常に戻った世の中に合わせた感じにしなければ、と考える。

さらに年末のイレギュラーな用件として、一年間の振り返りやお世話になった人への挨拶、やり残した仕事と正月をまたぐ仕事のチェック、そして大掃除、帰省のための買い物、実家に持っていくお節料理の段取りなどがある。それらをすべてリストアップする。ほかにスーパーの混み具合や、道路の渋滞状況も予測しておかなければならない。年賀状まではとうてい手がまわらない。年越し蕎麦、初日の出、初詣などは決して嫌いではないが、ただでさえ自分の行動の計画と管理には手間がかかるのに、やることが多すぎて全部こなしたらキャパオーバーになってしまう。世間のムードを読み取って、クリスマスはクリスマス、お正月はお正月の気持ちになり、自然とそれらしくふるまえる人は私にとって、超人的能力の持ち主に見える。

ここ何年もの間、私は年末も正月もふつうに仕事をしてきた。年末進行で一二月の〆切が早まるときは年末には少し時間に余裕ができる。年越しの仕事は当然あるわけだし、じっとしていれば静かなのでなかなか捗るのである。仕事というのは何よりの言い訳になるので、合間に世間の雰囲気を観察しつつ、自分はそれに合わせずに済んだ。こっそり手抜きをすることもできて、そういう意味でも年末から正月という時期が好きなのだった。

ガスコンロと炭火

ところが二〇一六年はあまりにも忙しい年だった。多くの人と知りあい、新しいことを始めたので充実はしていたが、一二月を迎えたときにはすでにへとへとになってしまっていた。どこかで一休みしなければならなかった。そこで、私は二八日にいったん自分のスイッチを切って二日間休み、三〇日から新たにやり直すことにした。中二日あれば立ち直れると思ったからである。

前章で、ラジオやイベントの後のクールダウンは、しっかりネガティブを受けとめる時間を作ること、と書いた。外に出たり人に会ったりすることなく、つまらなくても一人で料理をしたり、動画を見たりする。休みが足りれば自然に体力も気力も戻ってくる。だが普段と違って、イレギュラーな年末年始はうまくいかなかった。あれもこれも、と気が散ってしまい、上手に休むことができなかったのだ。かつて「休みなんか取るから休みボケするんだ」と思っていたのが現実となってしまった。三〇日の生放送では、段取りや時間管理、言い間違いなど、細かな失敗がいつもよりずっと多かった。

どうやら、私を火元にたとえるのならガスコンロではなくて七輪の炭火らしい。熾っている（集中して仕事に取り組んでいる）ときのパフォーマンスはいいのだが、火力調整が難しい。弱火を保っておければいいのだろうが、消火してしまうと次の点火がうまくいかない。

あるいはクリープ現象のあるオートマ車に対して、私は坂道ではいったんサイドブレーキを引いて、ギアをローに入れたうえで半クラッチで坂道発進をしなければならないマニュアル車のようなものなのかもしれない。我ながらとても面倒くさいのである。努力や経験でカバーできる部分もあるけれど、どうしようもない部分もあるのだ。

パニックだけは避けたい

世間の人が当たり前にできることで、自分に難しいことはほかにもたくさんある。

たとえば私は、あらかじめ終わりの時間から逆算して頭のなかに予定表（フローチャートに近いもの）を作っていくため、仕事の内容が流動的だったり、土壇場で予定を変えられたりするとパニックになってしまう。事前にできる限り多くの想定をして、その事例に対して一割や二割の違いであればなんとかついていったり、楽しむこともできるが、急なタイミングで根本からやり替える、ということができないのである。

完璧に予定をこなすだけのことで楽しいのか、と聞かれても、それ以外のやり方がわからない。予想のつかぬ展開など怖ろしくてたまらないし、思いがけぬ展開にはついていけず、また人の名前でも顔でも、予定と直結しない要素はすっかり忘れてしまうので、最初から最後までおかしなふるまいをして周囲の不興を買うこともある。

一方で私の友だちには、近くても遠くても未来のことは不確定なのだから、という考えのもとにその場その場で対応していける人もたくさんいるし、多少のことではこころを乱さない人もいる。私のやり方がどうしても理解できない仕事相手もいた。だから自分のやり方が一般的ではないことは知っている。

自分が仕事でミスをしたとき、私は一からやり直すことも、ほかの人よりも時間をかけて挽回することも、謝罪することもできるが、やりかけのものをアレンジしてカバーする、ということが苦手である。「それならいっそこうしたら？」という提案が予想もつかない方法だった場合はまったく動けない。さらにその方法を相手が思いついた根拠がはっきりしなかったり、非論理的なものだったりすると、混乱は増す一方である。

いったんパニック状態に陥ると、普段の状態に戻るまで何時間もかかる。その日いっぱい何も手につかずに過ごすこともある。そういうときは決しておおげさな表現ではなく、文字どおり、生きた心地がしない。パニックだけはなんとしても避けたいのである。

主治医（発達障害のことも専門としている）に相談したところ、私は「自閉症スペクトラムのどこかに位置していて、アスペルガー障害の傾向がある、という認識で間違いない」と言われた。それを聞いてホッとしたのは確かだし、特徴を勉強してなるほどと思うことはたくさんあった。

マジョリティの考え方、というものもあると思う。どうしても自分ではできないことも、理解できないこともある。

しかし、スペクトラムに属している人は濃いほうから薄いほうまで含めれば、決して少なくはないはずだ。マジョリティとは、本当にマジョリティなのか？　このことについては別の章で改めて考えてみたい。

性別がわかりにくいのは悪いことなのか

昨年末、テレビのトーク番組に出演した。その後、公式ウェブサイトにいただいた視聴者からのメールで、「セクシャリティがはっきりしない。男性に見える」というご意見があった。メールに書かれた文章から、その方は性別がわかりにくいことにお腹立ちの様子だった。ちょうど前章で、女性性について書いたところだったので、これについても少し考えてみたい。

私の身長が高いことや声が低いことは変えようがないのだが、男言葉で話しているわけでもないし、名前もテロップで出ている。上から下まで女物の服を着てアクセサリーもつけ、化粧もしている。女として見てもらうための努力不足ではない。納得してもらえる説明はないかもしれない、と思った。

だが、それは本当に説明なのだろうか。釈明、の意味を帯びているのではないか、と自問するのである。

前章で私は「面白ければ許されるのか」と書いた。それが、攻撃されずに身を守るために選んだやり方だとも書いた。

見知らぬ他人が私の性別を間違えることは、私の責任ではない。それでも「間違えられてしまうのは自分のほうが悪い」という意識はどこかにあったのだと思う。「面白い人」になって許してもらうことが免罪符だと思っていた時期は案外長かったのだ。

それは自分からしみ出てしまう何か——男物の服を好んで着ていたことや、高校、大学、社会人と男性の比率が高い場所で暮らしてきたこと、かつては男性の友人が多かったこと、女性を苦手だと思い込んできたこと——があって、態度にあらわれているのだろうか。もっと別の印象があるのかもしれない。だが、それらも人から叱られる根拠にはならない。やはり、わからないのだ。

おそらく、メールをくださった方も私も、お互いに「わからないこと」に対してネガティブな感情を抱いたのだ。私は間違えられて腹は立てないけれど悲しさは感じる。しかしそれを相手に訴える気にはならなかった。実際に会うことのない相手にそこまでの関心はなかったからである。

夜の豊かさも受けとめる

ネガティブな感情を否定することはない、と私は自分に言い聞かせている。なぜそれが生まれたのか、客観的事実を確かめたり、自分の内面を知るきっかけとなる。弱さを認めることも人とのつながりのなかでは大切なことだ。実際、女性性を受け容れたい、と考え始めてから、私には女性の友だちが急に増えたのだ。

女性性のほかに、私が自分に禁止してきたことのなかに「さびしさ」があった。長い間「さびしい」と言うのはみっともないし、女々しいし、自立の妨げになると考えていた。するといつの間にかさびしさを感じなくなった。しかし最近、古い知り合いに会って別れるとき、ごく自然に「さびしいなあ」と思ったのである。それは久しぶりのものだったが、自分一人で感じるぶんには、決して悪いものではなかった。自分に足りない部分を満たしてくれる柔らかさがあり、他人を尊重したときに生まれるものだということにも気がついた。「さびしさ」もネガティブな感情だが、相手にぶつけたり、ほかの感情や行動と結びつけるべきではない。昼間に対して夜があるように、自分の周囲にある豊かなものの一端として静かに受けとめられるようになりたいと思う。

6 「できない言い訳」と完璧主義

「うつっぽい気分」になったとき、これまでの私は原因探しや対策、処方された薬の情報などに気を取られがちで、自分の内面をじっくり観察できていなかった。本章では、先月不調を感じたときの試みと、過去のことを併せて自分のなかでどういうことが起きているのかについて書いてみたい。

元気がなくなると外出が億劫になる

この見出しを書いてから、私の場合は逆だと気がついた。理由もないのに外出ができなくなってから、自分に元気がないことに気がつくのである。

まずは外出の種類と目的を整理してみる。

［外出A］ 会社勤めをしていない私にとって、日時が決まっている仕事というのは週二回のラジオと、前期のみ週一回の大学の講義と月一回の理事会である。これらをまとめて外出Aとする。

［外出B］ 不定期の仕事が全体の多くを占める。講演会や朗読会などのイベントは月に二～五回程度。出版社との打ち合わせ、小説のための取材旅行、メディアから受けるインタビューもある。そのほかに自治体や企業などから招集される会議もある。これらを外出Bとする。

［外出C］ 生活にかかわる外出。食事はほとんど自炊のため食材の買い出しは週二～三回。月に一度の精神科通院。生活用品や化粧品、事務用品の補充も必要である。郵便局や銀行に行かねばならない。ガソリンスタンドで給油し、冬の間は灯油の確保もいる。犬を飼っているので獣医に行くこともある。これらを外出Cとする。

［外出D］ 美術展や図書館に行くこと、友だちとの飲み会、アウトドアや乗馬、ドライブなど、余暇の行動を外出Dとする。

こうやって業務棚卸しをしてみると、傾向が見えてくる。

体調のいいときは［外出C］の生活にかかわることや［外出D］の余暇活動を、ルーティンの［外出A］や不定期仕事の［外出B］とうまく組み合わせて行うことができる。また休日をいつ取るべきか、という見極めもできている。「元気がないと外出しなくなる」というのは「ついでに見てみよう」とか「急ぎではない用事は来週でもいい」などといった判断と行動が要領よくできなくなることなのである。

言うまでもないことだが、私の本業は外出する仕事ではなく家で原稿を書くことだ。また、ラジオや大学、講演などは家での準備を要する。家と外のバランスが取れなくなることも問題だ。それは余暇を犠牲にすることにもつながる。

出かけない言い訳

では、気持ちの面では何が起きているのか。

朝起きてから着替えるのが面倒で、ずっと寝間着で過ごしたいと思う。犬の散歩も面倒くさくなる。何を着ていいかもわからないし、どれも似合わない気がしてくる。化粧をするためには大決心しないと腰が上がらない。

どこへ行けばいいのかわからなくなる。前述の［外出Ｃ］に関することを先延ばしにするうちに、できていないことで気分の負担が増えてくる。［外出Ｄ］については、お金がかかってもったいないと思うようになる。わざわざ外に出てもつまらないだろうと思う。疲れるだけだろうと思う。いろいろ考えた末に出かけて、何かいやな思いをしたら取り返しのつかない絶望に陥るのではないかと怖れる。

これはかなり普段の状態とは違っている。

現実にその日に起きる可能性の高いことではなく、私が頭のなかで考えた最悪の結果や失敗例をもとに、ほんの少しでも損をしたり、傷つくくらいなら出かけないほうがいいと結論づけている。

つまり、出かけない言い訳を考えているのである。出かけない言い訳は、できない言い訳とほぼ同じである。そして言い訳ばかりで何もしない自分を責める。

そのうえ、あきらめがつかなくて一日中言い訳を探し続けていたりするのだ。これはなかなか疲れるし、つらいことである。

言い訳探しモードにいったん入ってしまうと、抜け出しにくい。

時間が経てば状況は更新される。食材は減り、公共料金の支払い期限は近づいてくる。出かけない、できない言い訳もまた更新していかなければならなくなる。どんどん言い訳が苦しくなってくる。

そんなとき、私は自分を「だらしない」と思う。そのあとは自己否定的な感情が優勢になってしまう。

だらしない、と自分を責めるのはいったい誰なのか。

それは、普段よりもっと完璧になりたい自分なのである。完璧にできることはいいことのように思えるが、「一〇〇パーセントでなければやらない」というのは、「一〇〇点じゃなければテストを受ける意味がない」と言い張る子どもと同じで、ただのわがままだ。

完璧主義の危険

主治医からの指導に「受動的な状態では休養にならない。能動的でないところは休まらない」というものがあった。

「今日はサボるぞ」と決めて、他人に迷惑をかけない範囲でサボることは楽しい。ダラダラすることは気分転換にもなる。ところが完璧主義に陥ると「サボらざるをえない」状況に陥って、サボることを望んでいなくても動けなくなってしまう。そういう休み方では回復しないのだ。

完璧主義の背後にあるのは「あんなにがんばったのにだめだったという記憶」だったり、「人に理解されなかった悲しみ」であったり、「一つ悪い点を指摘されただけで人格を全否定されたかのように受けとめてしまう不信感」だったりする。傷つきたくない、というのはそういうことだ。

過去の経験を活かすのではなく、ダメージのほうに傾くことで、完璧主義が足を引っ張っているとも言える。些細なことだが、トイレの電気を消し忘れただけで自己嫌悪になったり、生ゴミを出し忘れて絶望したりする。普段どおりにやっている他人を責めることすらある。自分に関しては非常に傷つきやすいくせに、他人を責めることについてはとんでもなく鈍感になるのである。

そもそも何かが完璧にできたなどというときは、運や偶然の力、そして他人の力を借りているのである。自分だけの力ではないのだ。

完璧主義が生活を支配してしまうと、どんどん判断が極端になっていく。ほかの人のことはわからないが、過去に私が死にたいという気持ちになったときは、経済的な問題、もしくは完璧主義のどちらかが背後にあったように思う。「ほどほど」にまったく魅力を感じなくなってしまう。

だが、たまたま偶然いい結果だったことを成功例と認識して、常にそのレベルの達成にこだわることは間違っている。博打に勝ったことを実力だと錯覚して、もう一度勝とうとした結果、取り返しがつかないほど負けてしまうパターンとさして変わらないのだ。

いろいろな感情を認めてあげる

では、どうやって完璧主義の悪循環から抜け出したらいいのか。

もちろん、うつ病の治療は早めに医師に診てもらうことが大切だ。十分な休養も必要だ。こころの負担の度合いは人それぞれなので、以下で申し上げることはあくまで個人的なやり方であり、軽い不調のコントロールとして参考程度にお読みいただければ幸いである。

まず、やらなければならない項目と、それについての思いがごちゃごちゃになっていないかどうかをチェックしたい。ランダムでいいので片っ端から紙に書き出してみる。先ほどの私の外出の項目などもその例である。不足しているのなら、食事や睡眠、休息も「やらなければならないこと」に入れる。そのときに浮かんだ感情も書き出してみる。

少し時間をおいてから、書いたものを見直して、感情の部分とタスクの部分を分ける。

感情の部分については、自分のなかにいろいろな感情があるということを認めてあげるだけでいい。もちろん悔やむ気持ちがあったり、他人に腹を立てるところもあるかもしれない。

悲しみや冷静さや優しさなどの部分もあるかもしれない。ふと笑いたくなることだって隠れている可能性がある。ともあれそのときは、いろいろな気持ちを書いた文字を俯瞰して、どれか一つに固執することをやめたいなあ、と思えればそれで十分だ。書き出すのは、深く考えすぎないようにするためである。

一つだけやってみる

次に、タスクを列挙したToDoリストを眺めて、時間と手間がどれだけかかるかを整理する。これについては時間をかける必要はない。ざっくり「半日」とか、「やや大変」などでいい。

自分の状態を改めて観察していると、そのうちに「ちょっとだけならやってみてもいいかな」と思う瞬間がくることがある。私は「やぶさかではない（いやではない、という意味で）」という言葉を自分のなかでキーワードにしている。「やらなければ！」と自分を追い込んでいるときには、案外力が出てこないものだ。「やぶさかではないぞ」と軽い気持ちになったときのほうが動きやすい。元気なときでも、苦手な家事や苦手な人への連絡はそういう瞬間を利用している。

「やぶさかではない」と思ったら、すぐに一つだけタスクを実行する。たとえば、銀行に行くことでもいい。買い忘れた洗剤だけを買ってくることでもいい。要領よく動くことはあきらめ、とりあえず一つだけでいいと決めて達成する。

一件の用事でも、動けば流れが変わったような気分になることがある。もし、気分が重いままであってもかまわない。一つ用事が減ったことは事実なのである。

そのときに、ご褒美のことは考えない。そうでないとご褒美が目的になって、できないとご褒美が出ない、ということでもっともっと苦しくなってしまうからだ。

人と話すこと

完璧主義に陥っているときは、人に頼りづらくなる。

もしも断られたらどうしよう、いやがられたらどうしよう、と頭のなかで失敗例を列挙して、結局誰にも何も言えなくなってしまうことが多い。連絡がつかないだけで嫌われているなどと決めつけてしまうこともある。

そのうえ「甘え」だと責められるのではないか、と怖れるセンサーが過敏になっている。それも決めつけの一つだ。本当は人に理解されたい、そばにいてほしいという気持ちがあるから、怖れが大きくなるのだ。

偏った気持ちを崩すためには、相手に期待して連絡を待つよりも、自分から話しかけたほうがいい。人に任せたり頼るのが難しいときには、それをそのまま言うだけでもいい。個人差はあっても、多くの人は「人に頼るって難しいなあ」と思ったことがあるはずだ。共感してもらえることも、問題解決のヒントになることもあるかもしれない。何か一つでもできれば、「動けないまま悪化していく」だけではなくなる。

「自分だけが、と思う気持ち」や「自分のことを責める気持ち」が行き場を失う感じを、見逃さないようにしたい。そのとき、もう流れは変わり始めているのだ。状態がよくなってくれば、改善のペースも前よりゆったりしたものに見えてくるはずだ。

7 躁状態と恥の意識

ミイラ取りがミイラに

「躁をテーマに書いてほしい」との提案が担当編集者からあった。この連載を始めた以上、いつかは取り組まなければならないことではあるが、私は躊躇した。書くことがどんなに危険かが予想できたからである。「ミイラ取りがミイラになる」というのが一番近いたとえかもしれない。

自分が躁状態だったときのことをまざまざと思い出すことは、この病気で一番つらいことである。とくに強い躁の後には、強いうつがくる。うつのときに躁状態の行動を振り返ることは、過度の反省で「こころ」を壊すことにつながりかねないほどの負担となる。何しろ

「それも含めて自分なのだ」とは、とうてい認めたくないことばかりなのだ。「自分らしさ」の問題は国籍や性別を否定されることと同じくらい大きなことである。

この時点で私の書き方が大袈裟で不誠実、あるいは無責任だと感じる方もいるかもしれない。だが私はミイラになるわけにはいかないのだ。私はこの文章を、不調に陥ることなく書き上げなければならない。それができたとしても、当事者以外の方に理解してもらえる自信はまったくないのである。

躁の情報が不足する理由

うつとは異なり、躁についての情報は不足している。観念や行動の逸脱の例（浪費や過剰な外出など）を知ることはできても、当事者のなかで何が起きているのか、問題の本質は何なのか、どうしたらいいのかがわからない。発症した頃、医師が書いた躁うつ病（当時）についての本を片っ端から読んだが、躁についての記述そのものが少ないと思った。

情報が少ない理由には、うつよりも、当事者が詳細を語りたがらないこともある。私にもそういう部分がある。だからこそ理解が広がらないのだが、恥だと思うことは話しにくい。身近な人にわかってもらおうと不名誉な経験を話して信頼を失い、相手との溝が深くなったという苦い経験があるからだ。

私はここで嘘やごまかしを書くつもりはないが、語れないこともある。躁病のエピソードで話しやすいのは、笑い話にできる程度のことや「自分らしさ」の片鱗が残っているエピソードである。たとえば、「営業の仕事をしていたとき、昼休みに中古車情報誌を読んで、その日のうちにオープンカーを衝動買いしてしまったこと」なら話せる。自分の貯金を使ってしまっただけで、誰にも迷惑をかけてはいないからだ。「考えられないほどの行動量で得意先を回ったこと」も話せなくはない。しかし、理不尽な怒りにかられて暴言を吐いたことや、喧嘩をしたこと、多くの友人知人を失ったことや自殺企図の詳細までは書きたくないのである。

躁で小説は書けません

今年（二〇一七年）三月に東京・五反田で開催された「第三回世界双極性障害デーフォーラム」で、私は講演を行った。このときの質疑応答について加藤忠史先生がツイッターにお書きになった文章を引用したい。

「質疑応答で、『絲山さんがすぐれた小説を書き続けられるのは、多少波がありつつも少し上がっている時に集中的に執筆されるのでしょうか?』という質問に、『躁の時に銀行とか溜まった用事を片付けたりはするけれど、小説は寛解でないと書けません』ときっぱりお答えになったことが何より印象的でした」

私にとっては当たり前のことだったので、多くの反応があったことが新鮮だった。躁状態で小説の仕事ができないというのは、高熱を出しているときに激しいスポーツができないこと、酒を飲んで運転ができないこと、と同じなのである。希死念慮の不安に突き動かされるように長文のメールを書いた経験はある。しかし、これは小説とはまったく別物であり、今となっては見返す勇気も起きないほどひどい内容のものだ。

同じ病気をもつほかの作家がどうしているのか、Ⅰ型とⅡ型でどう違うのかということはわからないが、私の場合、小説のエピソードが「おりてくる」のは、気分が落ち着いている状態のときしかない。また躁のときには、注意力も集中力も体力もないので、小説を書くことは無理なのだ。

躁うつ病を設定に使った小説は『イッツ・オンリー・トーク』(文藝春秋、二〇〇四年)と『逃亡くそたわけ』(中央公論新社、二〇〇五年、のち講談社文庫)の二作品がある。もちろん具合のいいときに書いた。それでも自分の躁状態を思い出しながら書くことは、かなりの負担となったし、脱稿の頃には精神的にも荒れていたと思う。そして、病気のことは断片しか書けていないという思いも強く残したままである。

似ているからわかりにくい

双極性障害の当事者なら、病気を知らない人から「躁だったら明るくていいじゃない」と言われたことがあると思う。あるいは「元気そうでいいね」と言われたこともあるかもしれない。「I型の躁はよくないことなのだ」と説明するのは大変なことである。自分の小説を引用すると、「精神病というやつは、病気で状態が悪い上に、精神病であるという事実とも立ち会わなければならないので具合が悪い」(『イッツ・オンリー・トーク』)ということなのだ。

明るい気分や行動力というものは通常「いいもの」としてとらえられているが、睡眠も食事もとれないのに、普段以上に動き回ったり大きな声を出していることは不健康きわまりない行為であり、健康な状態での「爽快感」とはまったく違う。別の小説ではこのように書いた。

「焦燥が強くなるのだ。衝動が高まるのだ。夜の峠をブレーキの壊れた自転車で下って行くみたいに、真っ暗な鼓動に支配されてしまうのだ」(『逃亡くそたわけ』)

健康なときなら高いモチベーションはいい結果につながることが多い。しかし双極性障害I型の躁の行動には、よくない結果がついてくることが多い。これは病気のときには間違った判断をするからだと思う。健康な人の「爽快な気分」「行動的な状態」とは違うのだが、見かけの様子が似ているので当事者自身ですら自覚しづらいことがあるし、うつよりも躁のほうがいいと思っている人もいる。その区別は難しいし、私だってよくわかっているわけではない。「躁について知りたい」という人が、その厄介な区別につきあってくれるとも限らない。

うつから躁への変化（躁転）が非常に短い時間で起きることも、理解されづらい理由の一つである。山の天気のようなもので、雲一つない青空でも急に天気が変わって嵐が来たりするのである。躁の症状といってもいろいろな種類があるし、ずっと同じ状態ではない。

「こころ」を守る脳

脳が果たす役目の一つとして「こころを守る」ということがあると思う。もちろん「こころ」も脳の一部分なので、みずからを守っているとも言える。病気のときだけではない。自分にとってあまりにもつらい経験をしたときや、想像を絶するほどの痛みを感じたとき、脳は「こころ」を守ろうとする。ある種の情報を認識しないようにしたり、感情が平坦になったり、一部の記憶を消失するのはそういうことなのだと思う。

逆に言えば脳に病気や、限度を超えた刺激による不調が起きてその機能を果たせないときには、「こころ」を守るシステムが発揮されないのではないだろうか。つまり自殺念慮や自殺企図である。「自殺したい」と思うのは、自分固有の責任や理由からではない。「自殺したくなること」が病気の症状であり、つらいことではあるが、この病気にかかった人なら多かれ少なかれ感じるということ、それを乗り越えた人も多くいるということは、当事者にも家族にももっと知られるべきことだと思う。私は躁が治まってから、やはり死ぬべきだったと思ったことも、自殺したい気持ちが正しかったと思ったことも一度もない。私の衝動的な自殺企図の詳細について、ここでは述べないが、とにかく迷いがなく行動が早いという特徴があった。それだけに確実性もあり、危険だった。

観念と行動の逸脱

私の場合、躁うつ混合状態になることも多かった。強い躁のときは、爽快感よりも怒りや不快を強く感じた。躁で楽しい気分ということのほうが少なかった。今から思えばそれは運のいいことだったかもしれない。不自然なほどすっきりした気分を感じたときに、自分を疑うことを覚えた。

医師との関係が一歩前進したときのことを私ははっきりと覚えている。それは問診の終わりに私が、

「性欲が昂進して困っているのですが」

と言ったのだった。病気に関する本をあれこれ読んでいたからそういう表現ができたのだと思う。もちろん、親に言うくらいなら切腹したほうがマシというくらい恥ずかしいことである。結婚しているわけでも、決まったパートナーがいるわけでもないから、友人にも言えない。

だが、主治医は淡々とした口調で、

「そうですか。ではデパケンというお薬を頓服で追加しておきましょう」

と言った。

自分が感じている恥の意識と、医師が知りたい病気の症状がまったく異なることを知って私は驚いたし、医師の対応に感動した。そして、結果的には観念の逸脱を話したことが行動の逸脱を防いだ。処方されたデパケンが効いたかどうかはわからないが、ある症状に対処しているという自覚をもつことが逸脱を防ぐためのブレーキとなったのである。

誰が、何を知りたいのか

当事者、医師、家族にはそれぞれの立場と考え方がある。誰が何を重要視しているのか、何を知りたいかを分けて考えるといいと思う。

当事者である私にとって最も重要なことは、自分が悪いコンディションから回復すること、自分らしさを保つこと、責任が取れる状態を保つことである。そのために薬の知識や医師のアドバイスはとても参考になる。

だが、家族や友人といった他者が知りたがることは、反省や気持ちの変化といった感情の部分なのかもしれない。相手に迷惑をかけたことへの償いとして「立ち直りの物語」が必要なこともある。ただし、当事者の実感としては、回復過程についてそれほど表現するべきものは多くない気がする。

医師が知りたいことは、症例として判断・対処するためのエピソードである。当たり前のことだが、医師は個人に関心があって問診を行っているわけではない。だから生命の危機や病状と関係がなければ、患者の「恥の意識」を医師は評価しない。本人や肉親にとって性欲の変化を話すことが恥ずかしくても、医師にとっては食欲と同じような一つの症状のあらわれだからである。食欲の増大や不振を報告するとき、味つけの好みや内容まで言う必要はない。

どれが一番正しいということではなく、立場によって考え方や重要視する事柄が違うということを意識の隅に置いておきたいと思う。

8 過労とうつの間で

好きな仕事が苦痛に

ラジオの仕事は「生き甲斐」と言えるほど好きで、手ごたえを感じている。二〇一七年六月現在、金曜日の早朝一時間と火曜日の午後三時間のレギュラー番組を担当していて、金曜のほうは企画や内容も任されている。生放送なのでリスナーからその場で反応があることもありがたいし、好きな仕事だからこそ準備も念入りにする。それで、気がついたらオンエアの日以外もほぼ毎日選曲や話題探し、調べ物をしていたのだった。

もちろん正月でも、祝日でも放送はある。正社員は有給の規定があるが、社員ではないゲストパーソナリティは自分が言い出さない限り休めない。実際、去年の八月から一度も休んでいなかった。小説の〆切や大学の関係で少し無理が続いたな、と気がついたのが六月初旬で、かなり疲労が蓄積していた。このままでは仕事が途切れる日が来ない、と思い当たったときに、不自由と苦痛を感じた。初めて、ラジオ局に行きたくないと思った。そして「どうしてもラジオを休まなければ、自分が潰れてしまう」と強く思った。

休むための手間

「躁やうつの前兆を感じたら早めに休むこと」

そのほうがいいとわかっていても、何の苦労もなく休むためのお膳立てが自然と整ってしまう環境にある人は少ないと思う。読者のなかにも「休めるものなら休んでるよ！」とか、「そう簡単に休めるもんか」と言いたくなる方がいるに違いない。また、子育てや介護などと仕事を両立させている人は、いつまでも休みが来ない絶望感を抱くことがあるかもしれない。

疲れがたまると、まるで高速道路を運転しているときのように視野が狭くなる。ゼロ百思考が強まるので、部分的に休む、一度だけ休む、完成度を下げるといったことが考えにくい。いっそ倒れるまで働いたほうが楽だと思ったり、休むことを不義理に感じたり、休みの連絡をすることを恥だと思ったり、休みを許可されないと思い込んだりするのだ。「インフルエンザなら問答無用で休めるのに」と考えること、一日に何度も「疲労」や「過労死」などの言葉を思い出し、検索してしまうことも、体が知らせるサインである。

そのうちに、普段はない頭痛やめまいが番組の前後だけでなく一日中続くようになった。疲労感に自律神経症状が加わったことで、注意報が警報になった。

部分的に休むこと

六月後半の二週間、私には原稿、ラジオ、大学、イベント等一四種の仕事があった。延べ件数では一七件である。

もう休まなくては本当にだめだ、となってから、どれが休めてどれが休めないかを決めなければいけない。これは苦しい作業だった。「こちらは休んであちらはやるのか」という目で見られたら困ると思ったからだ。

実際に休んだ仕事はラジオ二回（最初の週のみ）、打ち合わせ、イベント、式典の五件である。

一方で休みにくい案件や延期ができないものもあった。原稿、大学の講義、賞の審査などである。これらが二週間で一二件であった。

拘束時間の合計で言えば、二八・五時間休み、六〇時間働いたことになる。一週間三〇時間の労働というのは、休んだとは言えないが通常と比べればかなり仕事量を減らしたという実感が得られた。

人前に出る機会を思い切って削ったため、体調不良を公表しなければならなかった。どこまで内容を説明したらいいのだろう、信じてもらえないのではないかと考えたりもした。たった一度の休みでも、精神の不調が理由のため新しく仕事の声がかからなくなったり更新がなくなるのではないかと怖れた。

それでも、今なら最短の休みで回復できるという確信があった。これ以上休みを取ることを先にのばすと、数ヵ月単位で休むうつ病の状態に陥ることがわかっていた。

食事と生活

今回、すべての仕事を休まなくても大丈夫だと判断したのは、睡眠と食事が問題なくとれていたからである。

ただし、食の好みに少し変化があった。たとえば、キウイが急に好きになり、毎日のように食べた。肉類ではラム肉が気になり、実際に何度か購入してニラやネギなどと炒めると実に美味しく感じられた。生わかめが美味しくてむしゃむしゃ食べたし、もずくやめかぶも毎日のように食べた。また、鮭も食べる頻度が上がった。例年だとご近所からいただいても、お裾分けにしたり残してしまいがちな馬鈴薯もよく食べた。いずれもビタミンやミネラルに特徴のある食材ばかりである。メニューではなく、食材単位で考えていたのがよかったのかもしれない。一方で、ごはんや麺類などの炭水化物、豆腐などはそれほど欲しいと思わず、お酒に関しては美味しく感じなかったので控えるようになった。体調がよくなってきてからは、これらの傾向は弱まっていった。

生活に関しては、意識して外出する日を作り、また予約を入れて趣味の乗馬をしたのもよかったようだ。体を動かすというだけでなく、バランスや、力を抜くことに意識を集中すると、頭が休まる気がした。また、犬の散歩やストレッチなどでしっかり汗をかくようにした。そうすれば、いやでも風呂に入るからである。

かなり昔のことでお名前も失念してしまったが、精神科医の先生がラジオで、「音楽とお風呂は本当に大事ですよ」と言っていたのを思い出した。

まわりがみんな敵に見えた

休みを取るにあたって、自分では冷静に、きちんと周囲に話したいと思っていた。そして決して自分を不当に責めないことを決心した。

しかし、実際には感情的になってしまった。こんなに疲れて弱っているのに、なぜひどい目に遭うのだろう、と思うことが何度もあったのだ。まるで暗闇のなかで敵に囲まれたような気分だった。たとえではなく、実際に何人かの人が敵に見えたのである。

具体的には、仕事を休むことに理解がない（と私が感じた）人、病気の自覚症状を訴えてもわからない（と私が感じた）人、あるいは通常のとおりに仕事をしようとしていたのに悪意をもって不義理を働いている（と私には見えた）人がいた。通常はまったく問題にならないことに対しても、すっかり疑心暗鬼になってしまったのだった。

さらに新聞やＳＮＳの記事が、自分個人を非難したり、存在を否定しているような気分にもなった。これについては自分で制限することができた。情報を処理する機能がうまく働かなくなっているときに情報を詰め込むのは、胃腸を壊したときに栄養のあるものをたくさん食べて回復しようとすることと同じことだからだ。しかし、世の中には「食べて回復」をすすめようとする人も多い。そういう人とのつきあいを一時的に浅くすることも必要だと思う。

一方で、何人かの信頼できる友人に声をかけ（これも体調が悪化しすぎればできなくなってしまう）短時間会ったのはよかったと思う。苦痛に思っていることや、怒りを感じていることを小分けして、聞いてもらうことができた。「少しずつ聞いてもらう」ということが重要だ。逆の立場になったこともあるが、思いのすべてをぶつけられたら負担になるし、つきあいづらくなってしまうからだ。

相手を許す、自分を許す

自分の認知がかなりおかしくなっていることを認めるきっかけは、大学での学生とのかかわりだった。かれらが連絡ミスや提出物の遅れを率直に謝ってくれたとき、私はそれを単なるミスではなく、悪意のある欺きのように受け取っていたことに気がついた。私は学生たちに疑いをもったことを謝り、専任ではなく非常勤講師であることの自信のなさから複雑な気持ちをもってしまったことを打ち明けた。問題が解決して久しぶりに気分が軽くなった。

一番大変だったのは、休みを取る手続き上で、私が怒りを感じてしまった相手との関係修復だった。もちろん相手の不用意な発言もあったのだが、その失言の重さに対して不当な激しさで怒ってしまったのである。その怒りが、体調が上向きになっても一向に収まらなかったので、何かが違うと思った。

なぜ自分の体調が悪いのに相手を許さなければならないのか、という葛藤もあった。だが、よくよく考えてみれば、相手の発言は今、この時点とは直接関係のない自分の過去のコンプレックスとつながるものであった。つまり、相手が思っていないことまで自分で想像して怒っていたのである。いつまでも許せないことは、被害者の顔をした加害者になり続けることだった。

仮に数値化するとしたら相手に非が二〇あったとして、私は一〇〇だと思い込んで責めていた。相手にとって、八〇は身に覚えのないことだったのだ。

他人を許すことは、自分の非を適切に認めて謝ることであった。そして謝るためには、まずコンプレックスを認め、自分を許さなければならなかったのである。そこに向き合うのは簡単ではなかったが、なんとか乗り越えることができた。現在は修復を終えて、ひとつ回復の段階をすすめたように感じている。

コラム2

伸ばすこと踊ること

飼っている犬が二匹とも一〇歳になった。おばさんが三人で暮らしているということで、言葉で話さなくても十分にかしましい。一〇年間も一緒にいて、たいていのことは互いに予想がつくし、気持ちを仕草や表情で伝え合うこともできるようになった。コミュニケーションが可能になるということは、年とともに強まるこだわりや主張、頑固さとも対峙しなければならないということでもある。

もちろん、助けられてもいる。かつての私は、肩こりや首の痛みに悩まされていた。一日座っていれば腰に違和感を覚えることもあった。週に何度かマッサージに通っていたこともある。それが、犬を飼い始めてからぴたっとなくなった。そして犬というものは「原稿を書き終わったよ」と報告すれば深夜であろうが真っ昼間であろうが「バンザイ」と喜び「お祝いもかねて」と、散歩に誘うのである。書けなければ書けないで「気分転換にいかが」と散歩に誘うのである。

朝夕の犬の散歩で私がやることは三つある。一つは「ToDoリスト」を頭の中でチェックすること、献立を考えること、そしてストレッチである。

犬は散歩の途中にしばしば立ち止まる。用を足すための場所も入念に選ぶ。仲間の残した匂いを嗅ぎ、自分もサインのように匂いを残す。SNSで「いいね」を押したり、ネットの掲示板に書き込んだりするのに似ていると思う。犬が立ち止まるたび私はストレッチを行う。もちろん安全な場所を見つけて自分の都合で立ち止まることもある。

まずは、アキレス腱伸ばしと伸脚を行う。

再び歩き出したらリードや荷物を片手に集約し、空いた腕をぐるぐる回す。前回し、後ろ回しを左右交互にしたら、ひねりの運動。上体の側面もよく伸ばす。片側を犬にひっぱってもらうとちょうどいい強さである。年をとると歩き方も小さくなりがちだ。散歩のときはできるだけ大股で、お尻の筋肉まで動かすイメージで歩いてみる。

また犬が立ち止まる。今度は前屈や大きな伸び、後ろに反る運動などを行う。これらはすべて、ラジオ体操の動きを分解したものなので、とくに覚えておかなくてもいつでもできる。

散歩の中盤は後ろ歩きをする。最初は怖いと思ったが、慣れればしっかりと体を動かして歩けるようになる。バランスを意識するし、普段使わない筋肉も無理なく使える。後ろ歩きは体幹を鍛えるのにいいとも聞く。

肩や背中の張りには、肩胛骨をぎゅっと近づけるようなストレッチが効く。これは両手にリードを持って後ろ歩きをしながら後ろに腕を伸ばし、歩いたり立ち止まったりするなかで犬にひっぱってもらうのがちょうどいい強さである。

帰り道は腹式呼吸である。腹式呼吸には二種類ある。息を吸ったときにお腹がふくらむのが順式（順腹式）、お腹を凹ませながら息を吸うのを逆式（逆腹式）と呼ぶ。意識して順式逆式を繰り返しつつ、使う筋肉のことをイメージしながら歩く。言葉でイメージすると効果が高いように思う。たとえば「腰の関節がしっかりと動いて、その上で上体が揺れながらバランスをとっている」とか「関節がやわらかく動いて、筋肉がしなやかについていく」「背中の筋肉をゆるめながら姿勢よく」といった具合である。言葉で意識すると、体がよくほぐれる。ラジオ体操の声が頭の中でしているような感じだ。

犬ストレッチは体をほぐすという意味では効果抜群だが、決して痩せるほどの運動ではない。試してみるときはくれぐれも安全に留意して、車や自転車が通らない場所、人に迷惑のかからない場所と時間帯でお願いします。

さてここからは別の話。

あなたの家で、お父さんは踊りますか？

どこの家でもそうなのか、聞いてみたいと思っていた。私の父はときどき妙な踊りをする。由緒正しい踊りではなく、適当で自由な動きである。家の中を移動しながら鼻歌とともに即興で短く踊る。とくにフィギュアスケートやクラシックコンサートの番組をテレビで観た直後に影響を受けることが多い。ほかの家のお父さんもそうなのか、とても気になる。若い頃は見ると恥ずかしい気がしたけれど、それでも楽しさは伝わってきた。

年をとるごとに私も踊りは楽しいと思うようになった。習ったことはないし上手でもない。それでも、お風呂と同じくらい気持ちよく、体にとってとても必要なものだと思う。

ストレスや鬱屈、怒りなどというものは、知らないうちにたまっている。

だが気がついたときには夜中だったり、出かけるタイミングではなかったりする。

そういう、いやな気分のときにも私は踊る。

踊るというのは、私という存在が面白くて心地よいと表現することだ。自分を嫌ったり、責めているときは踊れない。過剰な自意識や恥ずかしさ、自分を嫌う癖を手放し、こころの扉を開けて一歩外に出なければ踊れない。歌よりも型にはまりにくく、個性が丸見えになる。かっこ悪さや異様さ、顔つきや体形のだらしなさも実はまったく問題ではないとわかる。変な動きや面白いポーズも自分でやってみて楽しければ、それだけでかっこいいのだ。踊ることで体とリズムがこころを励ましてくれる。

ほんとうは外でも踊りたい。友だちとも踊りたい。だが、踊れる場所は自宅しかない。嬉しいとき楽しいとき、すてきな音楽を聴いたとき、お祝いを言いたくなったとき、わあっと踊りだすということがない。

なにもミュージカルやインド映画みたいな暮らしがしたいというわけではない。ときどきでいいから、カラオケのようなカジュアルさで踊れるような世の中になればいいと思う。お酒を飲みに行く代わりに踊りに行くような時代が来たらいいと思う。

さすがに踊るのはちょっと、という方にはエア指揮者をおすすめする。エアギターと同じようなものだが、楽器の種類も演奏者の人数も圧倒的に多いオーケストラを想像すると、高揚感を味わうことができる。好きな曲のオーケストラ音源を再生し、タクト代わりの鉛筆を振る。曲は何でもお好きなものでかまわない。私が好きなのは、ビゼーの「カルメン」やドヴォルザーク「新世界より」、スッペ「軽騎兵」などである。最初は神妙にそして繊細に、徐々に表情豊かに演奏するのが肝である。腕の振りも、顔の筋肉の動きも大袈裟であればあるほど気分がすっきりするのでお試しいただきたい。

9 加齢による変化と「その人らしさ」のこと

今回は加齢による心身の変化について書いてみたい。いつもとテーマが違うと思われる向きもあるかもしれないが、肩の力を抜いてお読みいただければと思う。

化粧について

第4章に書いた「女性性の否定」とも関連することだが、若い頃の私は化粧が大嫌いだった。化粧をして美しく見せるということを、嘘やごまかしだととらえていたためである。何より、顔や唇といった皮膚の敏感なところにべたべたしたファンデーションや口紅を塗るのがいやでたまらなかった。化粧直しも、汚れた皮膚を紙で押さえた上から粉をはたくということを不潔に感じた。

さすがに就職してからは化粧をするようになったが、それはストッキングやパンプスと同じ「お金を稼ぐために我慢しなければならないルール」のうちの一つに過ぎなかった。休みの日はノーメイクで通したし、日焼け止めも使わなかった。三〇代の終わり頃に書いた「無駄と無意味」(『絲的メイソウ』)というエッセイでは、化粧品について「どうせ洗い流す物に何千円もかけてるなんてバカかと思う」と言い放ったほどである。

しかし年をとれば皮膚は衰え、何もしないそのままの状態が快適ではなくなってくる。顔だけでなく、腕や首筋も日焼けをすればひりひりと痛むようになり、髪も放っておけば乾燥するので手入れに気を遣うようになった。水分や油分を補うついでに、顔の色味なども整えてみると、若い頃思い込んでいたことと違って、気分がよくなることに気がついた。

さまざまな不調

老化の兆候は四〇代後半からあったのだが、それほど気にしてはいなかった。ところが五〇歳になった途端、小さな不具合がまとまってやってきた。ぽつりぽつりと降ったり止んだりしていた雨が本降りになったような勢いである。たとえば更年期障害の典型として有名なホットフラッシュ（のぼせやほてり、大量発汗）や頻尿、足の冷えなどもそうだし、知覚過敏もある。親知らずも抜いた。老眼も進行中だ。それらの細かな不具合というのは、耐えられないほどつらくはないし、常に症状が出ているというわけでもない。だが、これが家電だったら「全部直すよりも買い換えたほうが早いですよ」と言われる段階なのかもしれない。だが、私は中古のイタリア車を乗りついできた人間である。安全に支障のない小さなトラブルなら、思いがけない話のネタがやってきたと思うし、故障して動かなくなっても笑っていた。だから実は今、自分の体やこころの変化も面白いと思っているのである。

別人の味覚

味覚も変わった。しつこい料理より淡泊なものが美味しく感じられるというごくありふれた変化だ。肉類の好みも変わったが、自分で一番驚いたのはかけそばが好きになったことだ。これまですすんで食べたことなどなかったのに「ああ、ほっとする」などと思うのである。

もちろん消化器からの要請があるのだろうけれど、好みが変わるというのは不思議なことだ。「これが好き」という記憶と現実がズレているような感じがするのだ。たしかに、週に三回もとんかつを食べる五〇代になるとは思っていなかったけれど、自己同一性（アイデンティティ）とはなんぞや、と思うのである。

この状態は、まるで過去の自分とこれからの自分という、好みの違う二人の人間が同居を始めたばかりのようなものである。これからどんな発見があるのだろう。それはきっと食の好みにはとどまらない。変化を経験することで、以前にはなかった発想ができるようになるかもしれないという希望すら感じるのだ。

学生との関係

二〇一一年度、私は法政大学大学院で「作家特殊研究」という講義を担当した。そのあと、二〇一四年からは高崎経済大学で「グループ研究（インタビュー実習）」の講義をしている。法政では気負いもあって、院生の研究の完成度を上げるために夕方まで空き教室や喫茶店で補講をした。一所懸命だったとも言えるが、少し厳しすぎた面もあった。今思えば「もっとちゃんとやりなさい」「宿題は大丈夫なの？」などと、口うるさく言うお母さんのようでもあった。

最近は、そういうことはなくなった。最初の頃の学生には申し訳ないが、学生が間違ったことを言っても、多少の失敗をしても、まずはかれらの言い分を聞けるようになった。「見てるから、やってごらん」と言うおばあちゃんの目になった。そしてどうやら、私の場合は「おばあちゃん教員」であるほうが、学生の視野も広がるし、やる気も短期間でアップするような気がするのである。

今年（二〇一七年）のインタビュー実習の講義では、学生に「あえて失礼な質問をしてみよう」という課題を出した。一歩踏み込んでよい面を引き出すことと、本当に相手が失礼と感じるか、ということを試してみるのが目的だった。そのなかで、老いに関する質問がいくつかあった。一つは「年をとって感性が劣化していくことに危機感がありますか」というもの、もう一つは「年をとって小説のネタがなくなってしまったら怖いと思いますか」というものだった。私はまったくそういう不安を感じていなかったので失礼とは思わず、そういうイメージもあるのか、と新鮮に感じた。

たしかに動物などを見ていると、老いた個体や元気のないときには好奇心を失うものである。そして上の世代の文化に対しては古くさいと私も思うことがある。

「らしさ」の弊害

「若く見える」というのは褒め言葉だが、あらためて世の中を見回してみると、老いへのネガティブなイメージとともに、「若く見せること」への強迫観念が強くなってはいないかと、少し心配になることもある。見た目の若さや、元気そうに見せること、前向きさ、楽しそうにふるまうことなどである。もちろん健康に気を遣うのはいいことだ。だが、体力が落ちているのに無理に元気そうにふるまったら余計に疲れてしまうだろう。日々の生活に楽しみをみつけることや、周囲の人に喜びを与えることもすばらしいことだが、悲しい気持ちのときに楽しそうに見せることはストレスフルだ。これでは、かえってつらい思いをする人もいるのではないかと思うのだ。

表面的にそうふるまう、ということは「らしさ」を求めることにつながる。「子どもらしさ」「男らしさ」「女らしさ」「若者らしさ」そして「親らしさ」や「老人らしさ」にこだわりすぎたり、無理に演じたりすることは不自由である。自然に適度がわかる人も、そうでない人もいると思う。「○○らしくなりたい」という向上心はプラスに働くこともあるが、「らしさ」というものの選択肢はとても少ない。もしも私が血液型のA型らしさを求めたり、十二星座の蠍座らしさにとらわれたら人は愚かだと思うだろう。

では「自分らしさ」はどうだろう。

私は案外、曲者だと思う。

自分らしさにこだわると、可能性を狭めたり、変化を拒否したり、好奇心を押し殺したりすることにつながるからだ。自戒も含めて、こころが頑なになる、というのはそういうことなのかもしれないと思う。そこに「ネガティブな意味での老人らしさ」が加わることで、苛立ちや生きづらさを感じてしまうのかもしれない。

「自分らしさ」というのは、自分には見えない部分や自分がいやだと思っている部分であることも多い。だから看板として掲げて行動するのではなく、後になってから「自分にはそういうところがあるなあ」と振り返る程度で十分なのではないだろうか。

「大人になりたい」と思えるか

私は子ども時代、子どもであるがゆえの不自由さがいやで、早く大人になりたいと思っていた。犬を飼うことも、馬に乗ることも、嗜好品を楽しむことも、親からは「大人になって自分で稼いだら好きにしなさい」と言われていた。さらに五〇代の頃の母は「私の年になると、中学生のあなたとは違って汗をかいてもサラサラで、匂いもしない」などと言って私を羨ましがらせたものである（現在の私はまだ、その域には達していない）。

大人になりたい、と思っていた私は今、大人になってよかったと思っている。神様や魔女があらわれて「若い頃に戻してあげる」と言われたとしても、未熟な自分や面白くなかった学生時代に戻るのはまっぴら御免である。

今の私は、誰がどう見てもおばちゃんである。おばちゃんというのも一つの「らしさ」だが、このジャンルはプレッシャーが少ない。多少の男っぽさや雑な性格も、強さと両面で見ることができるし、見てくれのまずさも「おっちゃん」と同様、異端とは見なされない。おばちゃんは完璧を目指す必要がない。さらに自分に対しても、他人に対しても受容できることが増えてくる。これも新たに得た自由だと思う。

病気と老化

三一歳で双極性障害を発症したとき、同世代の知り合いで持病のある人は少なかった。もとより孤独感は少ないほうだが、入院や自宅療養、退職などについては、誰にも相談できずに一人で決めて一人でやっている、という思いもあった。実際にはもっと若くて病気や障害と闘っている人が多くいるのに、想像することもできなかった。その人たちも私と同じように「若々しさは元気さ」や「三〇代は働き盛り」「結婚適齢期」などといったさまざまな「らしさ」に対して「今はそれどころじゃありません！」と言えずに、たった一人で立ち向かっているような気持ちになって苦しんでいたのではないかと思うのだ。

五〇歳にもなれば、さまざまな病気や体質と上手に付き合っている人々はたくさんいる。自分自身だけでなく、家族の介護や障害と直面しておられる方もいる。そのなかで、双極性障害の再発が出ないようコントロールすることは、特別なことでも何でもないし、苦労しているとも思えないのだ。

老化現象と病気はもちろん、生命に関することだけでなく、自立した生活ができるかどうか、肉体的苦痛や精神的受け容れがたさなど、さまざまな面から注意深く区別しなければならないと思う。

いくら自分の変化を楽しむといっても、もちろん限度がある。私は才能の枯渇や感性の劣化については怖れていないけれど、祖母が罹患したアルツハイマー病に自分も罹るのではないかということは、本気で怖れている。心配しすぎても意味がないかもしれないが、病気について「考え方次第」などと言うつもりは毛頭ないし、もちろん、死についても達観などできていない。車のたとえで言えば、故障なら笑い話にできても事故は決して笑えないのと同じだ。ただ、先々どんなことが起きるかわからないこと、そしていつかは死ぬということにおいて人間は平等だ、とはいつも考えている。

10 過ぎた方便——定型発達という問題

発達障害について話すこと

発達障害については、現在多くの情報が発信されている。医療や専門的な分野はもちろん、教育や公的支援の立場、家族や当事者からもさまざまな実態、対処が語られ、考察されている。しかし私がここで書くことについては迷いがあった。確定した診断は受けていないため、詐病のように思われることを危惧したためである。前述したとおり私は、発達障害も専門としている主治医からＡＳＤ（自閉症スペクトラム）の特徴を強くもっているという認識でほぼ間違いないと言われている。それでも、活字媒体という「公道」に出るときには無免許運転を咎められるような怖さを感じる。

ＬＧＢＴや女性問題については、社会問題として当事者以外も考え、議論に参加することが有用だという認識が深まった。教育や子どもの権利についても、子どもをもたない人も含めて社会全体で考えるのは望ましいこととされる。だが、発達障害界隈はきわめて閉鎖的な印象だ。グレーゾーンや、スペクトラムのなかで目立たない人、定型発達者にとっては、かかわりにくさが大きな壁となっているのではないだろうか。

だが今回、私が書きたいのは発達障害者のことではない。定型発達の問題についてである。私にとっては、定型発達者をどう理解し、どうつきあうかが重要で切実なことだからである。

文章が読めない

私自身、四〇代半ばになるまで発達障害の自覚はなかった。発達障害を未知の難しい問題のようにとらえていた。今となっては、なぜ難しいと思っていたのかがわかる。

『こころの科学』一九五号特別企画「職場の発達障害」は大変興味深い内容だった。参考になる部分も多くあったが、率直に言ってわかりにくいところもあった。

実を言うと、定型発達者の書いた「発達障害の解説」は、さっぱり頭に入ってこないのである。これは書いた人の文章の技術によるものではない。どういうことかと言えば、イタリア語の文章を見たときにローマ字の発音はわかっても意味がわからない、中国語の文章を見たときに知っている漢字はあっても文章全体の意味がわからないことに近い。それほど意味不明なのである。

一方で当事者の説明であれば、内容に深く共感できるかどうかは別としてちゃんと文章は「読める」。

なぜ、定型発達者の書いた文章は読めないのか。

その違いは「前提」にある。暗に主語が「ふつう、みんな」に設定されているからである。その文脈からは発達障害の姿は見えてこない。方程式におけるxやyとはなんぞや、というところでつまずいてしまう学生と同じで、理解できない前提から始まる文章はどれほど時間をかけても「読めない」のである。

定型発達者の特徴

発達障害者は暗黙の了解や場の雰囲気がわからないので空気が読めない、と言われることが多い。しかし後に述べるように、ＡＳＤ同士ならノンバーバルなコミュニケーションが有効なケースもある。定型発達者とはノンバーバルなコミュニケーションが成り立たないため、感情やイメージ、憶測よりも事実や論理を優先しているだけのことである。また定型発達者とは別の視点から自分なりに役立てればと考えているので突飛な（だが本人にとっては筋が通っている）発言をしてしまうのである。

「ふつう、みんな」という言葉は（非言語で前提としている場合も含めて）定型発達者を見分けるリトマス試験紙と言ってもいい。この言葉を発達障害者が無自覚に使った場合は、前提の共有に違和感があるため、コミュニケーション上の問題が起こりがちである。定型の場合は大きな問題とはならないのである。

そもそも「ふつう」の定義とは何か。「みんな」という言葉はどの集団をどういった統計的手法で判断したものなのか。そこがはっきりしなければそもそも話をする意味がないと思うのだが、答えはめったに返ってこない。つまり「ふつう」とは方便なのである。仮に「ふつう」の基準をくわしく聞いたとしても、時間が経てばその基準が変化する。これも定型発達者には顕著にみられる特徴だと思う。こちらにしてみたら、数学の公式のなかに「なんとなく」「気分で」という意味の記号が出てきたらびっくりするし、円周率が突然三・四や〇・三二四に変わっていたらおかしいと思うだろう。

内と外の区別

仕事については、私は定型発達の世界に出店をしているという意識でいる。「ＡＳＤに営業は向いていない」と言われることは多いが、個人的経験から言えば、私は一〇年間メーカーの営業職として働いて顧客との関係に悩むことはなかった。成果も出せたし、効率も悪くなかった。未経験者のイメージとは異なり、営業はご機嫌取りの仕事ではない。予算があり、行動計画があり、売上実績と問題点に対する分析がある。メーカーの場合、すべては商品という現実のモノと現場という「場」が中心となり、納期も価格も売上実績も数値化される。「そのために何をするか」を考えればいいだけなのだ。商談の相手も不特定多数ではない。会社対会社という立場で物事を具体化するものだ。これらは先々の段取りを予行演習する脳には合っていた。会社員にはコンプライアンスのほかに「そうしておいたほうがいいこと」もある。それはマニュアル化し、ルールとして守っていけばいい。

苦手だったのは社内の人間関係だった。顧客は外側の存在なので、マニュアルに基づいて行動できるが、社内の人というものは、身内になったり外側になったり、ころころと立場を変えるので困った。上の役職や年上の人は、たとえ非論理的でも決定権をもっているということがわからず、喧嘩をすることもあった。それでも営業にとっては数字とお客様が味方であり、モチベーションでもあった。営業ではなく社内業務に従事していたらずっと苦労は大きかったことだろう。

今は個人自営業として生活しているが、編集者が内側なのか外側なのか区別がつかずに困ることがある。理由がわからないまま掲載拒否や連載打ち切りといったことも起きる。事実ではなく、印象や個人の価値観に基づいて意思決定が行われる。意味不明なことはメーカー勤務より多い。小説を書くことに適性があっても、決してこちらの業界が向いているとは言えないのである。

発達障害者同士のコミュニケーション

発達障害者といっても多様なので相性はさまざまだが、自身の特性を理解しているADHD(注意欠陥・多動症)の人とは仕事上で得意不得意を補い合えることも多い。遅刻や忘れ物、失言などがあっても、能力が高く、嘘がないので信用できる。

私は段取りが得意でサプライズには弱いが、ADHDの人はこちらがパニックになったときにも臨機応変な対応ができる。好きな分野については骨惜しみをしないし、ほかの人には真似のできない発想もある。集中力や行動力といったこちらの特性も尊重してくれるし、対等な関係を重んずる人も多い。もちろん両者ともできないことはある。定型発達者にお願いする業務もあるが「支援に頼る」という一方的な関係性ではないと思う。

ＡＳＤ同士のノンバーバルコミュニケーションについて言えば、独特な比喩とほんの少しの身振りで情報を共有できる。実際の会話の例を挙げてみよう。

「その小説って輪郭が茶色くてぎざぎざしているんでしょ」

「そう。太い線で焦げ茶です。内側をもっと丁寧に塗りつぶしたほうがいいかどうか迷ってるんですけど」

「隙間があったほうがいいと思う」

これはほかの作家と小説の構想についてメモを見ながら話したことである。伝えたいことはほぼ正確に共有できているし、改善点も理解した。同席した定型発達の編集者にはまったくわけのわからない会話であるが、「空気読めないんですか？」などと揶揄したりはしない。伝わるように言葉で言い直したことは言うまでもない。

本当に少数派なのか

定型発達者をこちら側からみれば、共感や洞察などの「すばらしい能力もある一方で、できないこともたくさんある」のである。発達障害について言われていることとまったく同じなのだ。たとえば「過集中」については、(その反動としての非常につらい虚脱の時間を引き受けるという選択のうえで) 普段は発揮できないパフォーマンスと高いクオリティを得られることが「過ぎた」こととは思わない。聴覚過敏は本人にとっては「耳がいい」ということで、定型側の聴覚鈍麻とも考えられるのである。雑音や爆音に満ちた世の中に合わないのは障害なのだろうか。

私が言っていることは「都会の水道水はまずい」という話に近いと思う。山間部に住んでいれば都会の水はまずく感じる。毎日そんな水を飲むのは不快である。しかし、都会の人が山間部の水を過剰や異常と表現するのを聞いたことがない。汚染がひどければ改善するべきではないだろうか。走るのが飛び抜けて速い人、絵や楽器の上手な人が「過剰」と判断されることもない。実際に遅い人や下手な人に合わせる理由もないのだ。

世の中をオフィスのような大きな室内空間にたとえると、私がいる場所は、過集中の灯りに照らされた対象以外は真っ暗闇の虚無である。その代わり手元の灯りはとても明るく高性能だ。物事が立体的に、細部まではっきりと見えるし、記録もできる。ＡＤＨＤの人にこの話をしたところ「自分の場合はライトが眩しすぎて何もかも目に入ってくる状態」という答えだった。定型の人は全体が見渡せるが、細かいところまで見えるほど明るい照明ではないし、記憶力も劣っているのではないだろうか。

発達障害は本当に少数派なのだろうか。病気の場合、顕著な症状に共通項があるが、障害ではその人の生き方が影響して印象や対処の仕方が違うため、見極めが難しい。ＡＳＤは外見からわかりにくく、濃淡もさまざまである。ＡＳＤ同様、ＡＤＨＤにもさまざまなタイプがあるという。定型発達者というのは決して「問題のない人」という意味ではない。定義がもっと確立してきたら、今多数派と思われている人は、圧倒的多数ではなくなると思うし、区別すら不要になるかもしれない。脳のしくみがさらに解明され、後天的に身につけた精神性との関係が明快になることを私は願っている。すべての人が自分の特性を位置としてマッピングすることができれば、「方便」を使わなくても多くの問題が前向きに解決できることだろう。

11 こころがすさむ依存のしくみ
——お金について

こころの動きがおかしくなる

お金がないとこころがすさむ。

躁うつの再発のきっかけとなる出来事は人それぞれだと思うが、私の場合は「貧困妄想」もあった。「お金がない」と心配し始めると、何も手につかなくなるほど混乱して、体調を崩してしまうのである。

本が売れず原稿料も上がらない。そのうえ住宅ローンでここ何年か綱渡りのような状況が続いている。生活をとことん切り詰めても預金残高が少なくなって慌てることがある。先行きの仕事がまったくない、というわけではない。なんとか切り抜けられそうなのに、こころの反応が過激すぎるのである。

「お金がない」と思うと、自殺のイメージが浮かぶ。頻繁に、鮮烈に浮かぶのである。世界では会社の経営が立ちゆかず死を選ぶ方は少なくない。そういう方の気持ちがわかると思ってしまうのである。

それはなぜなのだろう。

お金は人体の外側にあるのだから、肉体的な苦痛は発生しないのである。直接生死と関係するものでもない。あくまで精神を通したかかわりである。それなのにお金は、「我こそが最大の悩み」という顔をしたがるのである。これ以上の不安と死と、どちらを選ぶのか、と突きつけてくるのである。

厳しい状況のときに、本の増刷の知らせを受けたことがある。本来なら大喜びする知らせなのだ。その本は何年も前に刊行されたもので、増刷のタイミングはまったく予想ができなかった。それなのに、驚きも喜びもなかったのである。出費があったときのショックは激しいのに、臨時収入についてはこころが動かないとわかったとき、こころの動き方がまっとうでなくなっていると自覚した。

そして、考えているうちに気がついたのは、お金がないときの考え方は依存症にそっくりだということだった。

依存と一発逆転

喫煙者にとってはタバコが切れることと、吸いたいときに吸えないことが怖ろしい。新幹線や飛行機に乗る前には、あらかじめタバコを吸っておきたくなる。その時点で吸いたいのではなく、後で吸えなくて困ることを想像しただけでいやなのである。実際、移動中にタバコが吸いたくなるかというと、そうでもないのだ。しかし禁断症状に苦しんでいる自分を想像し、そのときのぶんの一服を前倒しにしないと落ち着かない。これは精神的な依存である。私は喫煙の環境が厳しくなっても、これだけは譲れないと思っていた。タバコの依存はドーパミンと関係があると言われている。

若い頃にはパチンコにはまった。そのときは、安全な範囲で遊んで少しだけ見返りがあるストーリーよりも、もっているお金のすべてをつぎ込んで最後に一発逆転で勝つというストーリーを好んだ。そのほうが脳内の報酬——つまりご褒美のドーパミン——がたくさん出るからである。「安全な範囲で遊んでいる賢い自分」は、自分の脳からあまり報酬をもらえないのだ。

恋愛についてもそうだ。私が少し不器用で、世間に合わせることが苦手な人に惹かれるのは、欠点よりも魅力が大きいと思うからだ。冷静に考えると、相手の人に大変失礼な考え方なのだが、難しい相手のほうが脳内の報酬をたくさんもらえるのである。

自分でこしらえたストーリー

お金についても同じことが言える。家にまったく食べるものがないわけではない。ガソリン代、交通費、仕事に必要な文具の補充すらできないというほどではない。それでも来週、来月には飢えるかもしれないと想像する。ブラックリストに載ったり、怖ろしい借金取りに追われることまで想像する。脳内でこしらえたスリルたっぷりのストーリーは、現実に即していない。これは自分用の娯楽のために必要としている刺激なのだ。それに経済状況をあてはめて、自分の感情を揺すぶっているだけのことなのだ。その怖さをクリアしたときには、一発逆転の愉悦にどっぷり浸ることができるのである。なんと不健全な考え方なのだろう。

実際には増刷の臨時収入はありがたいはずなのに、波瀾万丈なストーリーのヒロインとしては、中途半端なタイミングで救われることが気に入らない。まるで水を差されたように感じるのである。ピンチに固執しようとするのである。

我ながらなんとも破滅的で知性のない考え方をしていると思った。それに気がつくと、いつの間にか根拠のない恐怖心は消えていた。その代わり、刺激のない地味な風景が目の前に広がっていて、どんよりした気分であった。今まで何をしていたんだろう、と思った。依存を脇に置く、というのはそういうことなのである。

ほかにも「考えなしの恐怖に酔う」「強迫観念に振り回される」「一発逆転を狙う」という考え方の癖はたくさんあった。

たとえば、ほかにも働いている人はたくさんいるのに、正月に休めないことを嘆く。そして休んでいる人たちは家族もみんな仲良しでそろって笑っているに違いないという妄想をするのである。

クリスマスに一人で過ごすことを嘆くときには、バブルの頃のクリスマスのイメージをもちだしていたりする。そんなクリスマスの過ごし方をしている人は今のご時世では少数派だろうに、わざわざそういう想像をするのである。

結婚していないのは事実だが、会ったこともない大勢の他人から非難されているような気分に陥って悩んだり、女性は損だと思ったりすること、それもただのイメージが自分を責めているのである。

これは私だけではなく、多くの人の悩みと共通すると思うのだが、他人と比較して何かが足りないことを異常に怖れることには、恥の意識も関係していると思う。

執着の意味

経済学におけるお金と文学における言葉は同じような性質がある。精度がいいかどうかは別として、社会の動きやこころの動き、労働の質や量を表現するものだからだ。

貧困妄想から躁やうつの再発を起こしてしまうくらい、私はお金に執着している。しかし、お金があるときには貯金するのではなく大きな買い物をしてしまうほうでもある。執着の意味を考えると、自立に関するこだわりが強いからなのだと思う。女性が一人で生きていくこと、自分が自立していると感じるためには稼ぎが必要なのだ。おそらく必要以上にそれを意識しているきらいがある。

一方で、出版業界には「お金の話をすることは恥ずかしい」という文化がある。ビジネスの対価としての原稿料などを事前に確認しようとして、「お行儀が悪い」と言われたこともある。書籍の発売後に契約書を交わすことや、交渉の余地がないこと、数値の裏づけが明かされないこと、入金時期が知らされないことなど、ほかの業種では考えられない部分も相変わらずである。

お金があることは傲慢で、お金がないと発言するのは物欲しげ、そして管理ができていないのはその人がだらしないからだと思われる。また、借金は往々にして人間関係を破壊する。

お金に対する恥の意識や人に与える不快感は、性癖の話をすることに似ているのかもしれない。他人のお金について話すことは、他人の下着を見るようなものであり、自分の経済状況について話すことは、親しくない相手に変わった性癖を暴露するような露悪的な行為だととられるのかもしれない。それが不快感を生んでいる。ましてや人から借金するなどということは、相手を性の対象としてみていますと言うような恥知らずな行為なのかもしれない。

しかし今は、高度経済成長期ではないのだ。貧困は現実となり、また拡大している。努力で生活水準が上がる時代とはまったく違うのである。多くの人が、仕事の不安定さや労働環境の悪さ、将来の生活の心配をしている。そのことが大きなストレスになっているのだ。お金の話は恥ずかしいとかお行儀が悪いという価値観も、時代錯誤である。ただし、これからの世の中でどうやってお金のストレスを回避すればいいのか、まだ私にはわからない。お互いを傷つけないコミュニケーションの方法もまだみつからない。自分一人で解決するにはあまりにも大きな問題だと思う。

意外な効果

実は、このエッセイを書いている途中で、一つの大きな変化があった。ひどい風邪をひいて、苦しくてタバコが吸えなくなったのだ。通常だと風邪が治ったらもとの習慣に戻るだけなのだが、喫煙について書き、依存について考えているうちに、禁煙はそんなにつらくないのではないか、という気がしてきたのである。私は禁断症状がつらいと怖れるばかりに、タバコが切れることを怖れてきた。面倒くさいし、お金もかかると思いながら、苦しむことが怖くて夜中や早朝に予備のタバコを買いに行ったりもしていた。もちろん人からとやかく言われるのは何より嫌いだから、タバコを吸わない人とは会わなくていい、必要以上に親しくしなくてもいいと思ったことすらある。

風邪をひいた日から二〇日以上が過ぎた。あれ以来紙巻きのタバコは一本も吸っていない。新品のタバコの箱は机の上にあるのだが、吸おうとは思わない。禁煙したと宣言して、あとから撤回するのは不本意なのであまり人には言わないけれど、タバコをやめた、というよりタバコについて考えることをやめた。すると焦ることもなくなった。いつまでこの状態が続くのかはわからないが、依存を考えるためにはよかった。次回も、生活のなかの依存についての続きを書きたいと思う。

12 こころがすさむ依存のしくみ——タバコについて

依存症と孤独

依存症について、正しい知識に触れることをおすすめしたい。決して無駄にはならないと思う。映画やドラマ、テレビや新聞報道などにより、実際とは異なるイメージをもってしまっていることがとても多いからである。

依存症には物質依存とプロセス依存がある。学ぶ段階で、身近なものだと感情的な拒否反応が出てしまうこともあるので、知らない分野のほうが冷静に受けとめられるかもしれない。

私の場合はニコチン依存について書かれたものよりも、薬物依存やギャンブル依存についての知識のほうが最初は受け容れやすかった。

印象に残ったのは、「自立的な人」は周囲の環境や他人に依存できないからこそ一つの物質や行動に依存して依存症になる傾向をもつ、ということだった。「依存的な性格の人」が依存症になるわけではないのだ。

依存症は孤独と深い関係があるというのである。そして自立への過度の執着は、孤独な状態を招き入れてしまうことが多い。これは私も身をもって知っている。

自立の拡大解釈

私は「自立へのこだわり」が強い、と思っている。しかしそもそも自立とは何だろうか。私は経済的自立を重んじるあまりに「自立」という言葉を拡大解釈して、人間のふるまいを「自立と依存」に分けてしまい、「自立は○、依存は×」と決めつけてしまっていた気がするのである。だが、自立とは「依存しないこと」ではない。

私の両親は「男性と同じように進学・就職して自立してほしい」という教育方針をもっていた。また、もともとコミュニケーションが得意ではなく、友だちもさほど多くないこと、共感性が低いこと、一人でいたり行動するのが苦にならず、さびしさを感じないことも「自立の拡大解釈」に拍車をかけた。自分を肯定するために、都合がよかったからである。

そして人とのつながりや支え合うことも面倒に思っていたので「人に頼るのはだめ、甘えてはいけない」という考え方が染みついてしまった。何でも自分で解決しようとしていた。この傾向は今でもあるが、とくに双極性障害を発症する前の二〇代は強かった。もちろん、自分で何でもできる能力などもっていないので、そこからいろいろな破綻が生じたのである。

禁煙という言葉は使わない

さて、今回はタバコの話だ。

風邪がきっかけでタバコを吸わなくなったというのは、前回書いたとおりである。三〇年間の習慣で本数も多かったがあれ以来、紙巻きタバコは一本も吸っていない。スヌースという、煙草の葉の入ったポーションを口に含むタイプの「かぎたばこ」は、ガムやのど飴などの感覚で使っていた。「タバコを吸った気分」にはならないが、少量のニコチンの補給のおかげで、想像していたようなつらさを感じることもない。スヌースは一日二、三個用いることもあったが、今は完全にやめている。

私は「禁煙してます！」とか「やめました！」とは言わないようにしている。「最近は吸っていない」という状態ならなんとか続けられる気がするが、「禁煙」という言葉は強すぎてこころが疲れてしまいそうだからだ。「禁煙」は「売上ノルマ必達！」のように、壁に貼っておく類の言葉だと思う（少し話はずれるけれども「〆切遵守」なんてかけ声も同様である。「あれを書きたい」「今日はこれがすすみそう」という瞬間をちゃんととらえれば、原稿を書く仕事は楽しいし、いやなプレッシャーを自分にかけることもない。もちろん納期や約束を守ることは、すべての産業で当たり前のことである。〆切に間に合わないかもしれない、という強迫観念のほうが、かえってその状態を招くのではないだろうか）。

依存の正体

だが、すんなりやめ続けるというわけにはいかない。ピンチは必ず訪れる。

一番つらかったのは、うつっぽい状態が続いたことだ。「禁煙うつ」などという言葉もあるらしいが、私はきっかけとなる風邪から半月後くらいにそういう状態になったから、ニコチンの離脱症状と完全に重なるわけではないのだろう。

このときの状態は、強い悲しみや自責の念がないという点で本来のうつとはっきりと異なる。ただ何もかもが空虚でつまらなく思えて、起きているのも、何か考えるのもつらくて寝てばかりいた。

人と話したり、メールなどで連絡することも気がすすまなかった。タバコのことを話せば「そんなに簡単にやめられるわけがない」などと笑われたり、「今までおまえは臭かった」と責められたりするのではないかと思った。以前に禁煙した人に「そんな日数じゃやめたうちに入らない」と言われるような気もした。そしてもしも、また喫煙の習慣を再開するようなことがあれば「それみたことか」と笑われる気がしたのだ。つまり、過去・現在・未来のすべてにおいて自分が否定されるような気分だったのである。

これこそが、依存の正体だった。

つまり私は、タバコ中心にものを考えてきたのである。

タバコのデメリットは、健康への害よりも金銭や夜中に在庫が切れることへの怖れ、出かけるときに吸える場所を確認する面倒くささだと私は思っていた（実際にそれらがなくなったことで、ずいぶん楽になった）。

だが、それだけではなかった。意識していなかったデメリットとは、人と会うときに喫煙者かどうか確認し、嫌われる覚悟を引き受けていたことである。タバコを否定されることを自分の人格を否定されることのように感じた。喫煙者でない人を、いつ感情を爆発させるかわからない存在、突然上に立って人を糾弾する存在、そして他人の健康に口を出す面倒な存在として脅威に感じた。タバコを何よりも優先して考えていたのである。

失恋にたとえる

うつっぽい状態が消えてからは、人と会うことの怖れもなくなった。喫煙者である友人とコーヒーやお酒を飲んでも平気である。相手につられて欲しいとも思わないし、煙を嫌うわけでもない。

たとえば朝起きたときや、ラーメンや餃子のように味の濃いものを食べた後などに「一服して落ち着きたい」と思うことは今でもある。行動の習慣に沿うように脳が感じているのだろうと思う。そういうときには、前回の風邪のときの息が止まるような苦しさを思い出せば吸いたい感じを減らすことができる。

いやなことがあったときや、仕事をがんばったとき、何かが一段落した夜などは「ああ、前だったらここで絶対タバコに火をつけていたな」と思う。ストレスを解消したいと思う。

このタイミングは、恋人に電話をして話を聞いてもらうようなときだと思い当たって、可笑しくなった。失恋・別離というものは、対人的な習慣を失うことである。別れた人についい習慣で電話をかけそうになって「もう別れたのだった。あの人に電話してはいけないのだ」と思ったり「この先二度と会うことはないのだから、忘れなければ」などと自分に言い聞かせることは、タバコを思い出して、そしてあきらめることにとても似ているのである。

男性の場合も同じように考えるかどうかは私にはわからないし、タバコそのものを擬人化するつもりはまったくないが、失恋の傷ならば時間が解決してくれると知っている。どんなに好きでも、いつの間にか気にならなくなるし、思い出さなくなることがわかっている。何より、多くの人が経験することである。そう思えば孤独感も和らぐ気がした。

現在の体調とこれから

「タバコをやめるとごはんが美味しくなるでしょう」と言われるが、もともと何でも美味しく食べるほうなのであまり変わらない。しかし食事そのものは時間の区切りとして楽しみになったし、短期間でむくむくと太ってしまったのは事実である。

「喉やお肌の調子がよくなったのでは」と言われることもある。そのうちにそうなるのかもしれないが、今年はひどい花粉症を発症した。腕や首などに激しい痒みの出るアトピーも伴った。これまでなかったことである。長年の習慣を断ったことで体内のバランスが崩れているのかもしれないと思う。

タバコをやめることは難しい、とは思わないことにしている。

役に立ったのは、二年前に精神科で処方されていた薬のすべてが中止になったときの経験だ。第1章にも書いたが、私の離脱症状はごく短時間の不快感が一日一回程度、時期にして半月程度あっただけで、それは外出していたら気が紛れるくらいのものだった（もちろん医師の的確な判断と、長い時間をかけての減薬が成功したというだけで、自分の手柄でも何でもない。薬とタバコは別物だし、種類や量、体質も違うので一般論ではなく、あくまで自分の例である）。

しかしもしも「睡眠導入剤や抗うつ薬、向精神薬は中毒になる。強いから絶対にやめられない」と思い込んでいたら、離脱症状への恐怖は、実際の不快感を増大させたのではないかと思う。私の世代なら「テレビの刑事もののドラマで見た、薬物中毒者の離脱症状の苦闘」を思い出す人も多いのではないだろうか。「意外にやめられるものなのだ」と思った、あの感じをときどき思い出すようにしている。

理想的なのは、純粋に嗜好品として一服だけ吸うことができる、あるいは夜寝る前に一本だけ、そういうタバコとのつきあい方である。だが、それができなくなってしまったのが依存症だ。お酒に関しては、なんとかコントロールできているが、タバコについては今だけでなく今後もできないのだろう。だからこそ、続けるのが簡単でなくても、つまらなく思えたとしても、一生やめなければならないのだと理解して納得した。

私にとっては今が「自立と依存」について抱えてきた課題が明らかになるタイミングなのだろう。具体的なイメージはまだ湧かないが、新しい人との過ごし方や、楽しみとなる小さな依存のやり方を覚えることが、この先の人生をすさんだ気持ちで過ごさないために必要なのかもしれないという気がしている。

13 感情労働とクレーム対応

パンダの着ぐるみ

メーカーに就職して初めて担当をもったばかりの頃、取引先店舗のオープニングイベントでパンダの着ぐるみに入ったことがあった。自分で希望したのではなく、上から言われてのことである。着ぐるみはたしかに暑いし臭いもあるが、顔が外から見えないので無表情でいられるし、ダラダラ動いてもいいので楽だった。スーツを着てお客様に声をかけたり、きびきびと動いたり、楽しくもないのに笑顔を作るよりずっといい。ラッキーだと思った。

その夜、本部から来賓として来た部長から「今日はどうだったんだ」と問われた。「お客様がたくさん来たのでよかったです」と答えると「そうじゃない！」と大きな声で言われた。

「俺はおまえがいったいどう感じたのか、ぬいぐるみに入ってどうだったんだ、ということを聞きたいんだ」と部長は言った。いやな感じのきつい言い方で驚いた。「ぬいぐるみのなかは愛想笑いをしなくていいから楽でした」という本当の感想を言ってはいけない様子だった。そのうち「悔しかった」という答えが求められているということがわかった。「東京出身で四年制大学を出た生意気な新入社員の女性総合職が福岡の小さなリフォーム店の店先でぬいぐるみを着ることで屈辱を感じている」というのがその部長の思い描いたストーリーで、それに沿った発言を求められたのである。しかし私はまるでそんなふうには感じなかったし、嘘をつきたくなかったので困惑した。そもそもぬいぐるみのなかに入るのも、イベントで商談するのも、東京から九州まで来て挨拶することも、すべて立派な仕事で同じことだと思っていた。なぜそこにプライドや悔しさが出てくるのかがわからなかった。

結局その日、私は生意気だという理由で泣くまで責められた。三〇年近く前のことで、古くさい部長にも自分の不器用さにも笑ってしまうが、今でもときどきその場面を思い出すことがある。

クレーム対応のいろいろ

営業職の仕事の一つとしてクレーム処理がある。クレームの原因はさまざまで、商品の不具合だけでなく、発注時の間違い、現場の納まりの打ち合わせ不足、納期トラブルなどもあった。お客側のミスがクレームとして上がってくることもあった。おそらく今とは比べものにならないほど世間も会社もゆるかったとは思うが、それでも厳しい場面はあった。

私は話のすすめ方を相手によって分けるようになった。クレームに怒りはつきものだが、不用意な対応はさらにお客を怒らせる二次クレームを招く。そして、できるだけ早く現場を納めることが必要なのである。

当時、私が考えた区分は以下のようなものだった。

①何はともあれ最初に謝る（感情をこめて、大きな声で）
②生活の不便（つらい気分）への共感の表明と適切な対処
③代品発送や値引き処理など、スピーディな対策を（淡々と）とる
④なぜそういうミスが起きたのかを（順序立てて、冷静に）説明。そのうえで改めて（丁寧な）お詫びをする
⑤根本的な問題があった場合（潔く）責任を認めて謝罪、今後の対策について（きちんと）

報告する。相手の理解に対するお礼を重視する
⑥上司や特約店の役職者と同行することで、相手のプライドに訴える
⑦自社や身内に対しての怒りを使って（大きな声を出して相手を驚かせながら）共感する

⑦は少し特殊な例で、顧客でも社内でも怒りにまかせてその場を支配しようとするタイプの人には効果的だったが、タイミングと度胸は難しかった。

もちろん怒られることは好きではないが、担当者としては一刻も早く面談するようにこころがけていた。対応に失敗して取引先や社内に迷惑をかけることもあったが、大きなクレームを経て関係がよくなり、新しい売上につながることも多かった。

当時と現在の違いは、時間外の連絡が取りにくかったこと、ネットでの悪評や（個人も含めた）攻撃などを怖れる必要がなかったことだと思う。

感情労働とは

感情労働という言葉をご存じだろうか。

社会学者ホックシールドが、相手に適切な精神状態を作り出すために、自分の感情を誘発したり抑圧したりしながら行う労働として提唱したものである。感情労働という言葉は頭脳

労働や肉体労働などに対して作られた。客室乗務員や看護師や介護士などが感情労働が必要な職種の代表とされていたが、今ではどの仕事も感情労働的になったと言われている。

感情労働には、表層演技と深層演技がある。榎本博明著『「おもてなし」という残酷社会—過剰・感情労働とどう向き合うか』（平凡社新書、二〇一七年）によると、表層演技は「たとえば、客の態度に腹が立っても怒りの感情は抑えて、にこやかな表情でもてなしの気持ちをあらわしたりすること」である。深層演技は「その場面にふさわしい感情が実際に生じるように努力し、またその場面にふさわしくない感情が生じないように努力すること」と書かれている。「自分の感じ方そのものを役割にふさわしいものに変えようと努めるのが深層演技」という説明は簡潔でわかりやすい。

思い返せば私もクレーム対応で表層と深層を使い分けていた気がする。前述の①〜⑦の方法をとるにしても、その場限りで感情を抑えていればいい場合と、キャラクターを作ってそれになりきっていかなければだめな場合があったので、演技という言葉がしっくりくる。

今でも比較的よく目にするのは、②や④を表層演技で行うことでかえって相手の感情を逆撫でするケースである。深層演技は少し難しいと思ったお客の場合だった。自分のなかでひとつ奥のスイッチを入れるような感覚で、エネルギーを消耗することもわかっていた。

「ほかの人に迷惑がかかる」という思い込み

今の時代は、感情労働が増加したと言われている。かつてなら自然な範囲で気遣いができていた人たちも、キャパオーバーに陥っているのではないだろうか。仕事量も多いし深層演技の割合が増えたら、とても精神がもたないと思う。これは労働時間の管理だけでは対処できないことだ。

私の知り合いでも、真面目で優秀なのに、ギリギリの状態になっている人がいる。話を聞くと「自分がそうしなければほかの人に迷惑がかかる」「波風を立てたくない」という言葉が必ずといっていいほど出てくる。

「ほかの人に迷惑がかかる」というのは思い込みや、こころない上司による根拠のない脅しの場合もある。しかしそれだけではない。私もかつてそうだったが、真面目で仕事熱心な人は、なかなか別の人に仕事を任せることができない。人に仕事を奪われたら自分の価値がなくなってしまうようで不安なのだ。うつのときによくみられる考え方でもある。

周囲や後輩のぶんまで仕事をしてあげるのは一見、優しいようにも見えるが、人を信用できていない場合もある。後輩などに引き継いでも、ミスが目について「結局自分でやったほうが早い」などと思ってしまい、余計な手を出してしまう。引き継がれたほうも、それではモチベーションを保てない。結果として人が育たない。

波風を立てたくない人の深層演技

私は車を運転するとき、高速道路や国道で先々の状況を予想しながら走るのが好きだ。周囲の車の様子、挙動やスピード、車種、曜日や時間帯、道路の状況などさまざまなことを考えて、次の動きを読みながら、それに合わせて走ることができる。次に起きる可能性をいつも考えていれば当たることも増えるし、違ったことが起きても対処する余裕を保つことができる。「空気を読む」というのはそういうことではないかと想像する。

車の運転では「空気が読める」のに、人間のいる場ではまったくそういうことがわからない。私は今でも、会議で発言するたびに場を紛糾させてしまう「感じの悪い人」だ（嫌われているのかもしれないが、それすら気がつかない）。

その代わり意見の対立は怖くない。異なる意見を出し合っていかなければ組織も仕事のしくみも向上しないし、時代に沿って変化しない職場は取り残されると考えているからだ。

一方で、他人を信用するのが下手な人が波風を立てないように行動しようとするとき、深層演技を使うのだと思う。表層演技はばれやすい。人を信用していなければ、より入念にキャラクターを作ることになる。しかし深層演技を全方位にするというのは、体力的に無謀すぎるのではないだろうか。他人を信用できないのに、自分のキャパシティについては過信しすぎているように見えるのである。

何しろ情報量が多い時代なのだ。判断のスピードも、処理のスピードも求められる。しかしそこには白黒思考、レッテル貼り、短絡化、思考停止といった罠がある。

成功以外は全部失敗などということがあるだろうか。

失敗したら立ち直れないとは誰が決めたのか。

人を怒らせたら、その人は永久に怒っているのだろうか。

人の噂は、全員が本気にするものだろうか。

旅の荷物を減らすこと

お客が激怒すること、上司から責められたり部下からハラスメントだと訴えられること、クレームが大きくなること、ネットが炎上することなど、無限に思いつく不安と最悪のケースを想定しながら仕事をするのはとてもつらいことである。むやみに人を信用するのは怖いし、出し抜かれたらどうしようと思うかもしれない。怒っている人は信用できないと思うのは自然なことかもしれない。だが人間は相手から信用されていないと感じたとき、それに舐められていると感じたときに、さらに怒りを爆発させるのだ。

では、どこで悪循環を切ればいいのだろう。

かつて私がクレーム現場で「難しいお客」と判断したとき、私はまったく相手を信用していなかった。逆に「簡単なお客」と判断したときには相手を舐めてかかっていた。そういった判断の根幹には早くクレームを片づけようという考えがあった。そして安易な短絡化やレッテル貼りもあった。信用する・しない以前に、相手のことを決めつけて雑に扱う姿勢が見えて、それに対してお客様は怒ったのかもしれないと思う。今になってやっとわかったことである。

旅の準備をするとき、天気予報を信じない人は、たとえ晴れの予報でも雨具や長靴を用意するかもしれない。心配すればするほど荷物は増えるだろう。山に行くときに必要な装備も、街歩きには必要ないし、そもそも荷物が重くてかなわない。

旅の荷物を減らすためには、「多少の雨が降っても対処できる」という余裕が必要だ。山なら遭難を避けなければならないが、街で多少の雨に濡れることは失敗のうちにも入らないし、雨宿りで対処できるかもしれない。

人間も同じだ。相手を信じなければ疑いが膨れあがり、対応策の数が増えて疲れ切ってしまうのである。

意見の相違や多少の対立はにわか雨のようなものだ。天気予報程度に、人を信じてみてもいいのではないだろうか。

14 ハラスメントと承認欲求

母への暴言

ハラスメントは人間同士のかかわりから生まれる。上下関係や性別などによらず、誰もが被害者にも加害者にもなりうる。

最初に自分の例を挙げたい。

私が一〇代の頃だ。ある晩母が「お風呂を覗いている人がいる」と訴えた。裏庭に不審な人物が入り込み、開いた窓から入浴中の母を見ていたと言う。父や兄が確認したが、そのときは怪しい人をみつけることはできなかった。

私はいつもと違う様子の母をどうしても認めることができなかった。それで「覗きなんて思い違いではないか」と言った。さらに「お母さんの裸なんて見る人いないでしょ」とも言った。

母に起きたことを整理してみる。

①入浴を他人に覗かれた。不快で怖ろしい思いをした。
②家族に訴えたが事実を証明することができなかった。
③家族は相手を発見できず償わせることもできなかった。
④娘は信じなかった。
⑤娘が「たとえ変質者であろうとも、母のような年をとって衰えた体に興味をもつ者はいない」と言った。

私のしたこと⑤はセクハラを訴えた人に対して周囲が行うセカンドハラスメント（セカンドレイプ）だった。言った直後から今に至るまで、ひどいことを言ったと思っている。しかし親子の間で性に関することを話し合うのが気まずくて、大人になるまできちんと母に謝ることができなかった。

加害者の内側

そのときの自分のなかにあった考えや感情を可能な限り思い出し、列挙してみる。

①不審な人物が家の敷地内に入ってきて怖ろしい。許しがたい。
②犯人がみつからなければ、危険なままである。自分も被害に遭うかもしれない。
③もしも母の勘違いだったら安心するし、みんなで笑うことができるのではないか。
④たとえ事実だったとしても、母さえ「勘違いかもしれない」と言えば済んだのではないか。
⑤恐怖を感じている母に同情する。
⑥母の感情的で、余裕のない様子がみっともないと思う。
⑦母は母らしくいてほしい。女であることを前面に出すべきではない。
⑧変質者に狙われたことは自分も含む女性全般の恥さらしになってしまう。
⑨女であることを出すのは露悪的。とくに母のような年配の女性だと、相手は下品で悪趣味なものを見せられた気分になる。
⑩私は母にひどいことを言った。
⑪だが私が感じることはほかの人も思うことではないか。
⑫みっともないという指摘は身内がすべきことで、身内だから許される。

⑬傷つけたことを謝りたいが、謝るタイミングがわからない。
⑭ほかのことなら話せるが、性の話題が気まずくてできない。
⑮できれば、うやむやにして、母にも忘れてもらい、不審者などいなかったことにして平穏を取り戻したい。

当時言葉にできなかったことを今の語彙で補った部分もあるが、実際に少しでも感じたことを列挙した。

自分という人間のなかには、これほどいやな人格が隠れていたのかと驚く。自分のなかには男尊女卑やミソジニーの考えをもつ人もいる。家庭の和を乱すなという封建社会の家長がいる。自分こそいやな思いをしたという被害妄想にまみれた者、被害を受けた女性を罰したい者までいる。正しくないと思うが、そういう考えが浮かんでしまったことは事実なのだ。

今でもあらゆる場面で私はいろいろな選択肢を頭のなかに浮かべているし、自分のなかにはとんでもない下衆や変態がいる。普段意識していない潜在意識のなかにはさらに悪いやつがいると思う。

マタハラの例

職場で長くわだかまりが残ってしまった例として、マタニティハラスメントについても書いてみたい。

かつて仕事でコンビを組んでいた人が産休に入った。最初は素直な気持ちで喜び祝うことができたが、不慣れな後任者とのコンビでは自分の仕事の負担が増え、ストレスが増大した。その人が産休明けで復帰してから、仕事の判断基準や正義感が前とは違うと思った。私には性格が変わったように思えた。その違和感を態度に表さないよう努力をするうちに、とうとうその人を嫌いになってしまった。

もちろん産休を取った人には何の落ち度もない。「前と違うメンタリティで仕事に接すること」を許さないというのもおかしい。当時マタハラという言葉はなかったが、喜ぶべきことを喜べずに腹を立てている自分は正しくないという自覚もあった。しかしこのことは誰にも言えなかった。出産に対する知識不足もあるが、それ以上に変化を受容できなかったのがよくなかったと思う。

上司や周囲の子育て経験のある先輩とのコミュニケーションができれば、解決できた部分もあったと思う。場合によってはコンビを解消する必要もあっただろう。

同じことは、病気や介護など、あらゆる人に起こりうる。双極性障害で会社を休職した私も「自分はこんなに理不尽なクレーム現場で怒られているのに、あいつは寝ていていいなあ」と思われたかもしれない。それを態度として示されたら、どんなにいやな気持ちがするだろうか。

二つの公私混同

職場におけるハラスメントの背後には、二つの公私混同があると思う。どちらもコンプライアンスだけでは解決できない問題である。

一つは、職場での関係性の前提とされていない、個人的な嗜好や感情を新たに持ち込むこと。恋愛や性的嗜好、嫉妬なども当てはまる。

もう一つは、自分の好みの仕事上の態度を相手に強制することである。「前と違うメンタリティで仕事に接することを許さない」などというのは、仕事の成果とは関係ない。好みの無理強いである。だが、会議であくびをしてはいけないというのも、勤務中の笑顔を強制するのも、実は根幹を同じくする問題だ。

もちろん公私混同を完全に禁じるのは難しいし、禁じる意味もない。生産性やモチベーションだけでなく人間性の否定になってしまう。
ただしそこで「今、自分は違うルールの考え方をした。これまでと違う路線に乗り換えたが、大丈夫か？」と意識することは有効だと思う。

わずかな善意、大きな承認欲求

「承認欲求」という言葉は「どや顔」と並んで、ここ数年で急激に浸透した言葉だ。ハラスメントには承認欲求がつきものである。このことも、現代の倫理観や人々の自戒をよく表しているように思う。「ウケを取ろうとして」言ったことがハラスメントにつながることは珍しくない。誰しも経験があるのではないだろうか。

子どもの頃、私は家族を笑わせようとして、とある政治家のことを「ひょっとこ○○」と呼んだ。その人には口をへの字に曲げる癖があったからである。自分では語呂もいいと得意になったのを覚えているが、父から「生まれつきの障害や病気の後遺症だったとしても同じことを言えるのか」と厳しく叱られた。人の見た目について話すべきではない、ということを覚えたのである。

しかしこれが思春期だったら「あの政治家はいやな人だから、そのくらい言ってもいいではないか」「公人だから仕方がない」などと反発したのではないだろうか。そして「反抗期の自分」は今でもどこかに残っていやしないかと思うのだ。大変見苦しく、幼稚なことだと思う。

私が「善意」から冗談を言ったのではないことは明らかだ。気の利いたことを言って「おまえは賢い」と評価されたかっただけである。ここはすり替えてはいけないポイントだと思う。

セクハラの加害者が、釈明するときに「冗談だ」「悪意はなかった」「喜ばせようと思って言った」などと言って余計に被害者や周囲を失望させるのはこれと同じことだ。善意よりもはるかに承認欲求が大きかったと認めないことに問題があると私は思う。同情の余地はないが、なかなか謝れないことや逆ギレも、わずかであれ善意が存在したことからきているのだろう。

自分のなかにあった「認めてほしかった。かまってもらいたかった。好かれたかった」という大きな動機を人前で認めるのは難しいが重要なポイントだ。セクハラについての正解はないし、考えても一般化できない部分がある。だが、これは思考停止に対する警鐘ともなりうる。私は、場の空気を読んだり、人の気持ちに共感したりすることが不得手なので、承認欲求を人にぶつけること、開き直ることについてはとくに気をつけなければならないと思っている。

ハラスメントはなくならない

ハラスメントは、受け手の主観として不快な思いが発せられたタイミングから発生する。加害者側の意図（よかれと思って／指導のために）や、悪気の有無（好意から言った／冗談のつもり）は斟酌されない。

発言や行為の記録は残せても、こころの傷には計る単位がない。傷ついている自覚がないこともあれば、言い出せずに何十年も抱え込んでしまう傷もある。それを「いやならいやと言わないほうが悪い」と評するのは、アプローチとして間違っている。

受け手の感じ方が定義である以上、ハラスメントは決してなくなることはないと思う。同時に決してハラスメントをしないという人間もいないのである。

「過去の自分の行いや、発した言葉で糾弾されるのではないか」という不安も「これでは誰とも話せない」という怖れもある。だが、戦々恐々とすることも必要な経験なのかもしれない。

時代が求めるのは「賢明さ」なのか、相対的な考え方なのか、バランスなのか。一足飛びに結論はわからない。

だが確実に言えることが一つだけある。私たちは失敗したり人を傷つけたり、逆に傷つけられたり不快に思ったりしながら、次の時代の倫理を作ることに参加しているのである。

近代以降、論理は倫理より圧倒的に重視されてきた。だが、インターネットが普及してからは、価値観の変化などという言葉では表せないほどの大きな変化が起きている。ことにＡＩの出現と普及を考えれば、今後さらに倫理とリテラシーが重要視されることは想像に難くない。その意味でもハラスメントは現代的な問題だと言える。

15 愛だとか友情だとか

小説家の不甲斐なさ

恋愛というこころの動きについても書いてみたいと思ったが、このところ私は恋愛から離れている。もちろん一生いたしませんと言い切れるわけではなく、今は興味がないというだけだ。友だちの恋の話は聞くのはとても楽しいけれど、自分には遠い儲け話や、仮想通貨のように思えたりもする。

人類が恋愛について語ることが大好きな生き物だということは間違いないだろう。しかし話題がそちらに集中するあまり、掘り下げられる機会が少なかった人間関係や感情も多くある。言葉で定義されない感情は、たとえそれが人間にとって、家族や社会にとって意味のあるものであっても共有しづらいし、文化として残すことも難しい。その点で、恋愛ばかり描いてきた古今東西の小説家の不甲斐なさも感じてしまうのである。

「もてない」とは何か

若い頃から、私はもてない女だった。色気がないのだと思う。

色気とは何だろう。外見の美醜や態度、服装や化粧などの演出もあるが、それが一番の要素ではないことはなんとなくわかっている。

色気とは何かしらの「ズレ」のようなものではないかと思う。たとえば間の取り方や、最初の印象とのギャップ、不愉快ではない違和感があってハッとすることではないだろうか。「つけこむ隙」というのも、そういうことなのかもしれない。

もてないというのは、私自身が無意識に「違いますよ」「対象外ですよ」という電気信号を発しているのだろうという気がする。それがいったいどんな信号なのかはわからない。

二〇代の頃よくあったのが、友だちに、

「昨日も居酒屋で知らないおじさんに声かけられちゃった」

と言われて、

「私も！」

と答えるというくだらない話だ。私の場合は、おじさんと楽しくしゃべって笑いながら飲んでいるのに対して、友だちは口説かれそうになってとてもいやな思いをしたという。なぜ違うのだろうと思っていた。

相手の「おじさん」を「貴公子」に入れ替えたところで変わらない。私はゲラゲラ笑ってさっさと帰ってしまうのだろう。切り上げるタイミングがわかるのである。これ以上グダグダしていると、酔っ払った相手に下品なことを言われたり、何でもＯＫだと誤解させて相手のスイッチを入れてしまうかもしれない。そのタイミングがなんとなくわかる。さっと席を立って帰ってしまえば、トラブルはあまり起こらない。もてないというのは損なようだが、嫌いな相手にもてるよりはずっといい。

文化の違い

私が書いた小説のなかには、恋愛関係でない男女が出てくることが多い。それについて「本当は恋愛感情があったのでしょう」といった質問を受けることがある。話を聞いてみると、恋愛以外の男女関係はないと主張する方は一定数おられるのである。

「男女間で友情が成立しない」などという主張がこの時代にまだあることに驚くし、私自身は中学生のときから男の友だちのほうが女の友だちよりもはるかに多かったため、人生を否定されたような気分になってしまうのだが、結局のところ異性の友人というものは、いる人にはいるしいない人にはいない。性的魅力を度外視しても続けられる関係をその人が望むかどうかにかかっているのだろう。

いない人にとって異性の友人とは「友人のふりをして下心がある、実は狙っている」という信用ならない存在のようである。世の中には、仕事であっても既婚男性と二人で食事に行ってはいけないなどと言う人もいるし、逆に二人きりの食事は性交渉ＯＫのサインと考える人もいて、驚くことがある。もちろん、それがわかっていれば、その人と会うときは大人数で会えばいいだけなのだが。

なかには「動物的な本能」などという言葉を持ち出す人もいるが、人間以外の動物は発情期が限定されていて、それ以外ならオスとメスの間に友情が成り立つ種は珍しくないのである。科学的な知見よりも自分の欲望を正当化するために本能という言葉を使う人は、知性の面で残念な方だと思ってしまう。

本能で思い出したが「自然と〇〇したくなる」という類の言葉も当てにならないものだと

思う。私には決めつけにしか思えない。思春期になっても「自然と恋愛したく」ならない人は数多くいる。私は恋愛しても「自然と結婚したくなる」ことは一度もなかった。そういう相手と出会わなかっただけかもしれない。また「自然と子どもを生みたくなる」ことも一切なかった。子どもが嫌いだからだろうか。地球規模で言えば人口爆発が懸念されているからだろうか。いずれにせよ、月や火星に住みたいと思わない、そのくらいの縁のなさだった。

友だちって何だ

私にとって友だちというのは、深刻な話もたわいのない話も気にせず話せる相手のことだ。共通の目標や達成感などはなくてかまわない。一緒にどこかに行かなくてもいい。めったに会わなくても、会えばしみじみといいなあと思える相手が友だちだと思う。

利害関係や立場の上下が強かったり、あるいはどちらか一方が強く尊敬している場合、ファンとして憧れている場合などは友情が成り立ちにくい。友人関係というのはあくまでフェアで双方向的なものだと思う。

年数をかけて少しずつ親しくなる場合もあるが、会った瞬間に「馬が合う」とわかることもある。異性の友だちでは、直感で仲良くなった相手と交友関係が長続きすることが多い。

若い頃は違ったが、大人になってからは親友と呼べるほどの異性は恋愛対象にはならない。私のイメージのなかでは、恋人と友人ではそもそも窓口が違うという感覚だ。市役所で下水道課に行っても、障害者手帳は交付されない。そのくらい最初から違うと思っている。

期待の大きさ

恋愛の始まりは、相手に性的な魅力を感じるというだけでは不十分だ。相手とかかわることを期待するときに、恋愛が意識されるのだと思う。期待することによってドキドキしたり、嬉しくなったり不安になったりする。リスクを怖れるこころや嫉妬心も生まれる。報われたとき、報われなかったとき、どちらに転んでも大きく感情が動かされる。

友だちの場合は、期待の大きさがまったく異なる。相手に好かれることを期待するまでもなく、お互いの「好き」は、ほどよいレベルでつり合っている。嫌われる心配もしない。共依存との違いは、嫉妬の感情の有無だ。友だちとしてつきあうなかで気が合わなくなったり嫌いになったりすることは当然ある。だが、恋愛での別れがあまり論理的でない悲しい感情や、不公平感を伴うのに対し、友だちを失った場合には道義的な考え方をしたり罪悪感をもったりすることが多い。

なかには恋愛への移行を期待している相手との関係を壊したくないと、友人のふりをすることもあるかもしれない。しかしそういう関係は、どこかで崩れるのだと思う。

恋愛の刺激を競馬にたとえるなら、友人関係は犬の散歩くらいにしか思えないかもしれない。しかし、近所を歩くだけで得られる穏やかな喜びもあるのだ。

同性の友だちと異性の友だちの違い

有名なクラウス・ヴェーデキント博士の「Tシャツ実験」では、女性が自分より遠いパターンのHLA遺伝子をもつ男性の匂いを好むという結果が出ているが、好きな異性はたしかにいい匂いがする。

しかしよく思い出してみると、実際につきあったときよりも、片想いや憧れのときのほうが匂いを意識する傾向がある。「いい匂いがするから好きになる」のかもしれない。

どういう理由かわからないが、私の場合、女性の友だちはいい匂いがするか無臭かどちらかである。嫌いな匂いの同性と仲良くするのは難しい（もちろん、感じ方が変化することもある）。男性なら多少匂いが合わなくても、長く友人関係を続けることができるのである。順番が逆で「匂いがだめだから恋愛対象ではなく友だちだな」と認識するのかもしれない。同性の友だちと異性の友だちでは別の尺度があるように思うのである。

帝塚山大学教授（心理学）の水野邦夫氏の「恋愛・友人関係観の性差に関する研究」（『聖泉論叢』一〇号、八一―九二頁、二〇〇二年）という論文はとても興味深い。恋愛関係、友人関係における男女の差を調査した結果、男子は「恋人対同性親友」が対極にあり、その中間に異性親友がいるというとらえ方であるのに対して、女子は「恋人対異性の親友」と、それとは独立した「同性の親友」になる、というのである。

後輩への「お役目」

友人関係とは少し違っていて、ちょうどいい言葉がみつからない関係の例を挙げたい。私には、異性の後輩への独特な「お役目」がよく回ってくる。ざっと数えただけでも五、六回はあると思う。回ってくるというのは、町内会の班長や書記などの「お役目」的なものとして私が考えているからだ。引き受けざるをえないが、ずっと続くわけではない。きちんと勤めて手放せば、もとの何もない状態に戻る。

まったく恋愛感情は湧かないし、友だちのような信頼関係でもない。師弟関係に似ているかもしれないが、それにしても短期間で、時期が過ぎれば会うこともない。強い影響をお互いに与え合うが、ちょうどいい言葉がみつからない関係性だ。その時期は頻繁に会うし、とても楽しいし、親身になって相談に乗ったり面倒を見たりする。

お役目が終わってさびしいということもなく、後で会いたくなったり連絡を取りたくなったりもしない。ただ、相手の人生に何かしらの影響を与えたことを、よかったのかなあと、ぼんやり思い出したりはする。

友だちの家族

最近、新しく覚えた感情もある。友だちの家族（パートナー、子ども、親、きょうだいなど）に対する気持ちだ。

うまく言葉はみつからないのだが、たとえ会ったことがなく話に聞くだけであっても、強い親しみを覚えるのである。とても好ましく感じるし、優しい気持ちになれる。価値観や意見が合わなくても、何かのときには味方になりますと言いたくなる。友だちもまた同じように、会ったことのない私の両親を好ましく感じてくれたり、気遣ってくれる。ありがたいと思う。

これは地方都市ならどこでもあることなのか。知り合った人が家族を紹介してくれることが多い群馬県に住んでいるためなのだろうか。

いずれにせよ、昔はまったく知らなかった気持ちである。自分の親戚とも違うし、同郷の人や近所の人たちに感じることとも違うのだが、キリスト教で言うところの「隣人愛」に近いのだろうか。何にせよ、とてもあたたかくて、まるで温泉に入っているようないい気持ちなのである。

16 人にはキャパがある

あれから二〇年

一九九八年の夏に双極性障害を発症して二〇年が過ぎた。二〇一六年の四月からは睡眠導入剤含め、処方薬もすべて中止した。その後大きな再発はないが、現在も通院は続けている。小さな不調や気分の波はあるが、なんとか凌いでいくことを覚えた。

この二〇年間でインターネットは誰でも日常的に扱えるものとなり、精神疾患に関する情報も格段に増えた。うつ病と比べたらまだ知られていない部分もあるが、双極性障害への偏見もずいぶん解消されてきたと思う。かつては精神病であることを知られたらいけないと思って隠す人も、家族や知人の罹患にショックを受ける人も多かった。暗く怖いものであった精神科のイメージも、ほかの診療科と変わらない明るく清潔なものへと大きく変わってきた。医療関係者や経営者の努力のおかげである。ありがたいと思うし、二〇年前には決して戻りたくない。

友人からの相談

偏見が少なくなったと言えるのは私が当事者だからであって、今まで精神科にかかったことのない人にはわからないし、不安だと思う。家族のこととなれば、受診していいものかどうか悩むこともあるだろう。本人が受診を拒めば家族の悩みも深くなる。それに病気をすんで認めたい人はいない。

今回は、友人(仮にAさんとする)がきょうだい(Bさん)のことで相談してくれたときのことを書いてみたい。

お金の使い方や外出などの行動から、Aさんはきょうだいのさんが双極性障害かもしれないと思ったと言う。本人は受診したがらないし、家族はみんな病院が苦手らしかった。病院嫌いの理由を聞いてみたら、私とは違う考え方だった。「医者になるような人は頭もいいし、お金持ちで恵まれた環境で育っている。そんな人が私の家族のような人の悩みをわかってくれるとは思えない」と言うのだった。Aさんが私を信用して、デリケートなことを打ち明けてくれたことをありがたいと思った。私は、自分が見てきた限りでは「いけすかない秀才」のイメージが当てはまる精神科医は思い出せないと言った。さらに、医師は経験を積んだプロであり、たくさんの患者を診ていること、病気のことだけでなく病気が生活に及ぼす影響についてもよく知っていること、もちろん相性がよくないと感じたら美容院のように違うところへ行ってもかまわないと話した。病状や過ごし方などについては今の段階で余計な情報は入れないほうがいいと思った。Aさんは気持ちが楽になったと言ってくれたが、このままで状況を変えるのは難しい気がした。

そこで私は、もしかしたらもう少しお役に立てるかもしれないと、Aさんの実家に伺うことを提案した。そして外出していたBさん以外の家族全員に会うことができた。私が用意していたのは、各種相談機関のホームページのコピーと、自分で作成したペーパー一枚である。内容は左の表のようなものだった。

主治医の一言はほんとうにそのとおりだと思ったし、Aさんたちにもちゃんと伝わったという気がした。

1 こころの健康センター（群馬県）	医療機関や受診方法などの相談が（電話、面接、メールで）できます。
2 家族会（群馬）	面接による相談会を実施。要予約、無料です。
3 家族、当事者会（全国）	無料電話相談があります。臨床心理士や産業カウンセラーなどの専門家が答えます。
4 群馬県 社会福祉協議会	面接、電話により財産問題などの相談が可能です。専門の窓口を紹介してくれることもあります。

✣相談について	相談は家族だけでも可能です。
✣家族会の意味	病気の症状からくる悩みは共通していることが多いので、多くの家族が同じ悩みをかかえておられます。
✣受診について	双極性障害の場合、躁よりうつのタイミングで受診というやり方もあると思います。私は、内科の医師から病院を紹介してもらいました。
✣主治医からアドバイスをもらいました	県の機関でも家族会でも、地域の保健師でも、医師でも、どこかでひとり信頼できる、味方になってくれる人をみつければ、問題解決に向けて大きく前進します。人とのつながりが大事です。

人に頼るという課題

発症したとき、私は家族に頼らなかった。一人暮らしのアパートで自宅療養していた四ヵ月間、たまに電話があっても仕事が忙しいふりをして隠していたのである。事後報告でどれだけ心配をかけたかわからない。再発して自殺未遂をしたときには両親が泊まり込んでくれた。当事者であった自分は興奮しているかぼんやりしているかのどちらかで、まったく親の気持ちなど考えられなかった。そのことを、Aさんのご両親と話していてやっと想像できた。これからも状況を聞いたり、わかりにくいことを調べるなど、外部から協力できることはあると思っている。

Aさんが私に話してくれてよかったと思う。会社員時代、上司が言った「人には案外キャパがあるんだよ」という言葉を久しぶりに思い出した。悩んでいるとき、余裕がないときは、他人も同じように大変だと思い込みやすい。もちろん面識のない方から頼られたり相談されてもわからないし何もできないのだが、友人や知人のためであればちょっとした手助けをすることはむしろ嬉しいことなのだ。私もこれまで苦手としてきたが、これから生きていくために「人に頼ること、相談すること」は、一番の課題だと思っている。

きっかけと本質

一九九九年の自殺未遂のあと、私は入院してしっかり治療しなければならないと思った。そこで入院先を自分で調べて決めた。なかなか病院のベッドが空かなくて三週間くらい待つうちに、強い躁は去って、それほど重くはないが長いうつの期間が続いた。五ヵ月間入院したのは合う薬がなかなかなく、次々と処方を変更してもらっていたためである。

入院してしばらく経つと、元気ではないが何もできないというほどでもない状態になった。入院生活は単調で、退屈だった。病院内のOT（作業療法）で絵を描いたり、持ち込んだフルートを吹いてみたりもした。コンビニでノートを買ってきて文章を書いたのも、それとまったく同じ、退屈しのぎだった。会社員時代の面白い先輩のことや、好きな人との会話で覚えていることなどを作文として書いた。私はそれまで、小説を書いたことも書きたいと思ったことも一度もなかった。でもそのときは、文章を書くのがとても面白く感じられ、食堂のテーブルで毎日書き続けた。一つのエピソードを書き終われば、また別の楽しかったことを書きたくなった。フィクションを書くようになったのは退院後である。

よく誤解されるのだが、躁状態で小説を書くことはなかった。思い浮かんだものをノートに書きつけたことは何度もある。しかし後になって見返しても、小説に取り入れられるようなものは何もなかった。お酒を飲んだときと同じだ。そのときは「いいことを思いついた」と思っても翌日見たら意味不明だったり、くだらないことだったりする。小説の仕事をしたいからこそ、早く躁状態から抜けてフラットな精神に戻りたいと思っていた。しかしこれは私の場合であって、個人差もあるかもしれないし、I型とII型でも異なるかもしれない。

会社は二〇〇一年に退職した。今だったら対応も違っただろうし、辞めないで済んだかもしれないとは思う。会社員を続けていたらどうなっていただろう。私は入院でまとまった時間ができたことがきっかけで文章を書き始めたが、会社員をしていたら絶対に書かなかったと決めつけることはできない。それに小説家にならなかったとしても、転職してまた別の仕事をしていたとしても自分は自分で、本質は変わらない。今の生き方以外が不幸であるとも思えないのである。

この時代の難しさ

二〇年前と比べていろいろよくなったと冒頭に書いたが、この時代にはこの時代の難しさもある。若い人でも同調圧力に悩み、社会に対する不安やストレスはむしろ増大しているように見える。また情報が多すぎて、間違ったものやネガティブな影響まで受け取ってしまう

ことも ある。SNSなどでは自分や他人が見えすぎるので「ほどほど」を選択するのが難しい。気遣いは見えないアプリのように、知らないうちに体力や気力のバッテリーを消費してしまっている。

二〇一七年の国勢調査によると、一人暮らしの世帯は全体の約三割を占め、すべての家族形態のなかで最も多い。高齢化も生涯未婚率の上昇もあるが、この実態に医療も社会保障制度もメディアからもたらされる情報も対応できていないと思う。何か問題が起きたときのモデルとなる対策は「同居の家族の助けを得る」になってしまうのである。病気になると、通院手段や、入院の準備や手続き、手術の立ち合いなどで一人暮らしでの不便を感じる。また、自殺の防止でも「家族の見守り」が真っ先に挙げられる。うつや双極性障害の本を読んでいても、一人暮らしというのは異常でレアなケースなのかと思わせられる記述に出会うことがある。精神的につらく傷つきやすいときだと、世の中から拒否されたような気持ちになるかもしれない。制度や保険での対応など、これからどんどん変わっていくことだとは思うが、今の時点で困っている人はたくさんいる。だからそのことで孤立感を味わう必要はないことを申し述べておきたい。病気や暮らし方のことで責められている気分になる必要はまったくないのである。

本書は『こころの科学』一八八〜二〇三号の
連載「絲的ココロエ」を加筆・修正したものであり、
コラム1は「特別寄稿 リーマス」『臨床精神医学』第四二巻第一一号、
一四一四－一四一五頁、二〇一三年からの、
コラム2は「伸ばすこと踊ること」『ヘルシスト』第二五二号、
四二－四三頁、二〇一八年からの転載である。

絲山秋子 いとやま・あきこ

小説家。1966年東京都生まれ。早稲田大学政治経済学部卒業後、住宅設備機器メーカーに入社し、2001年まで営業職として勤務する。2003年「イッツ・オンリー・トーク」で文學界新人賞、2004年「袋小路の男」で川端康成文学賞、2005年『海の仙人』で芸術選奨文部科学大臣新人賞、2006年「沖で待つ」で芥川龍之介賞、2016年『薄情』で谷崎潤一郎賞を受賞。1998年に双極性障害（I型）を発症、現在も通院を続けている。

絲《いと》的《てき》ココロエ

「気《き》の持《も》ちよう」では治《なお》せない

二〇一九年三月一〇日　第一版第一刷発行
二〇一九年三月三〇日　第一版第二刷発行

著者　絲《いと》山《やま》秋《あき》子《こ》

発行所　株式会社日本評論社
〒一七〇－八四七四
東京都豊島区南大塚三－一二－四
電話　〇三－三九八七－八六二一［販売］
　　　〇三－三九八七－八五九八［編集］
振替　〇〇一〇〇－三－一六

装画　中村　隆
装幀　木庭貴信＋角倉織音（オクターヴ）
印刷所　港北出版印刷株式会社
製本所　株式会社難波製本

検印省略

©2019 AKIKO ITOYAMA　ISBN978-4-535-56376-6

JCOPY 〈（社）出版者著作権管理機構 委託出版物〉

本書の無断複写は著作権法上での例外を除き禁じられています。複写される場合は、そのつど事前に、（社）出版者著作権管理機構（電話 03-5244-5088、FAX 03-5244-5089、e-mail: info@jcopy.or.jp）の許諾を得てください。また、本書を代行業者等の第三者に依頼してスキャニング等の行為によりデジタル化することは、個人の家庭内の利用であっても、一切認められておりません。

ノーチラスな人びと

双極性障がいの正しい理解を求めて

鈴木映二［編著］

双極性障害（躁うつ病）を根気よく治療し、
良くするためのガイドブック。

本体1,500円+税
ISBN978-4-535-98420-2

●

躁うつ病に挑む

加藤忠史［著］

躁うつ病の原因は解明できるのか？
新型うつ病とは何か？ これからの精神医学とは？
精神疾患研究の最前線をわかりやすく伝える。

本体1,500円+税
ISBN978-4-535-98394-6

●

躁うつ病は ここまでわかった

［第2版］

患者・家族のための双極性障害ガイド

加藤忠史／不安・抑うつ臨床研究会［編］

双極I型・II型を含め、その症状と治療、
原因研究まで、第一線の精神科医がやさしく説く。
薬物療法や研究の進歩を踏まえて改訂！

本体1,600円+税
ISBN978-4-535-98379-3

日本評論社
https://www.nippyo.co.jp/